语文闲谈

选订本

周有光 著

生活·读书·新知 三联书店

写在前面

周有光先生（1906— ）的《语文闲谈》出版于1995年，收录语文知识八百条，分为十六卷；1997年出版"续编"，2000年出版"三编"，各收录语文知识一千条、二十卷；共计两千八百条、五十六卷。

周先生的头衔很怪：经济学家、语言文字学家——这两个行当似乎很少搭界。原来，五十岁前，他学和做的都是经济学方面的事情，曾被银行派驻纽约，曾任复旦大学经济研究所和上海财经学院教授。但他一直对汉语改革感兴趣，1952年发表了《中国拼音文字研究》，1954年出版《字母的故事》。1955年10月参加全国文字改革会议，会后担任中国文字改革委员会和国家语言文字工作委员会研究员，兼任中国社会科学院研究生院教授。他参加制订了汉语拼音方案，并主持汉语拼音正词法基本规则的制订。1958年在北京大学和中国人民大学开讲汉字改革课程。1983年发表《汉语内在规律和中文输入技术》，使拼音变换汉字技术代替字形编码，当年制成软件。他写了大量有关语言文字的著作，90岁时还出版了皇皇三十四万言的《世界文字发展史》。《语文闲谈》在他的著作中是比较"另类"的一种。

"闲谈"因某种机缘（前言中有介绍），始于1976年，前后达二十多年之久。内容或采自街头巷陌，或集自书籍报刊，或记录奇思曼想；海阔天空，凡字句、拼音、语法、繁简、诗词、谜语以及古今历史、地理、艺术等无所不有；亦庄亦谐，笑话、趣事搜罗许多。写法上是想到哪就说到哪，长短不拘，多为三言两语；编排方式亦不甚讲究，不论内容类别，满五十条即为一卷——整个风格是"随意"，扣紧了一个"闲"字，让人想起古人刘义庆的《世说新语》，又想起今人郑逸梅的《艺林散叶》。而作者却说：这些小品写作，用的是谨严的学术态度，表面上轻松愉快，骨子里紧张严肃。

的确，他"正名"：人名、地名、物名。"爸爸"曾叫"哥哥"，"睦南关"原称"镇南关"，"二桥"如何变"二乔"……他"考古"：清朝的人口、帝王与书法、三个赤壁……他"论诗"：人口诗、物候诗、轱辘体诗……他"杂侃"：菩萨的等级、法语的盛衰、20世纪新消费……显然，要写好这些匪夷所思的小段，离不开深厚的知识功底和充沛的探索精神。这也是有人称《语文闲谈》为"不是论文的论文集"的原因吧。

语文是极其古老和稳定的东西,语文又是极其现实的东西,时刻在发生变化。此次出版,我们从两千八百条"闲谈"中选订四百七十四条,按内容大略编为五卷。读者自会从中读出古老和新鲜,读出趣味和深刻。

生活·讀書·新知三联书店编辑部
2008 年 10 月

目　录

前言 …………………………………………………………… 1

卷一

1　爹爹和哥哥 …………………………………………………… 3

2　爸爸考 ………………………………………………………… 4

3　令堂 …………………………………………………………… 4

4　"先生"种种 ………………………………………………… 4

5　孔子的姓名 …………………………………………………… 5

6　"达赖"和"班禅" …………………………………………… 7

7　藏族人名意趣 ………………………………………………… 8

8　努尔哈赤 ……………………………………………………… 8

9　恋人的爱称 …………………………………………………… 9

10　千金原是男儿 ……………………………………………… 10

11	遗孀和寡妇	10
12	嫦娥	11
13	孟姜女	11
14	臭老九	11
15	她和伊	12
16	"她"字来源	13
17	阿Q和唐Q	13
18	"华侨"的词源	14
19	"姓"和"氏"	14
20	同音姓	15
21	姓氏次序	16
22	容易读错的姓	16
23	数字姓	17
24	人地名拼写法	19
25	译名统一难	19
26	三个里根、三个布什	20
27	古人名难读	20
28	因卑达尊	21
29	名称最长的首都	22

30	最长的村名	22
31	地名心态	23
32	地名的神力	24
33	湖泊的称谓	24
34	湖和海	25
35	"支那"的来源	25
36	"中国"	26
37	祖国和中国	27
38	澳门的由来	28
39	重庆地名由来	29
40	上海的别名	29
41	三秦	30
42	三国地名	31
43	新疆地名	31
44	大行山	32
45	王府井	33
46	枫桥原名封桥	34
47	将错就错的"国名"	34
48	美利坚合众国	35

49	民族语地名	36
50	马亚和玛雅	36
51	"T恤"	37
52	"旮旯儿"	37
53	塔	38
54	"象棋"	38
55	有米有丝的"彝"	39
56	"甘单"和"邯郸"	39
57	馒头和包子	40
58	"财"字新解	40
59	侃"侃"	40
60	盘古	41
61	阿弥陀佛	42
62	泡沫经济	42
63	晚	43
64	制	43
65	市井	44
66	玉米多名	45
67	"稻"和"麦"	45

68	"族"字新用	46
69	"烤"	46
70	二桥变二乔	47
71	"东西"	48
72	"悦己"和"己悦"	49
73	"星期"词源	49
74	外来事物的名称	50
75	OK	51
76	蝇歌烟舞	52
77	作茧自缚	52
78	一衣带水	53
79	鸡豚狗彘	53
80	词典和辞典	53
81	"零"和"〇"	54
82	扇	54
83	甪直、甪堰	55
84	$ 的由来	55
85	孔方兄	56

86	三昧与三味	56
87	回纥和回鹘	57
88	料理	57
89	写真	58
90	拍马屁	59
91	杜马	59
92	癌	59
93	777	60
94	书香	61
95	破天荒	61
96	黄包车	61
97	"帐"和"账"	62
98	"漠"和"汉"	62
99	凤凰	63
100	风筝	63
101	旅店称谓	64
102	毛笔的"毛"	65
103	说四	66

104	说七	66
105	治癌和致癌	68
106	牝牡	68
107	礮、砲、炮	69
108	看书和读书	69
109	"伞"	70
110	茶和荼	70
111	五伦与五常	71
112	喜寿、米寿、白寿	72
113	近音的干扰	72
114	古书字量	72
115	历代字书收字数	73
116	字无定数	74
117	二十五史用字统计	75
118	报刊实际用字量	76
119	古书中多简体字	76
120	从单音到双音	77
121	小学生的词汇量	78

122	汉字太奇妙	79
123	两个简化字表	79
124	为什么要简化?	80
125	述而不作	81
126	动物的语言	81
127	行为语言	82
128	气味语言	83
129	香港的禁忌语	83
130	希伯来语的复活	84
131	纳西文字	85
132	新词制造厂	85
133	慈禧错字多	86
134	整理异形词	87
135	难懂的简称	87
136	词和词缀	88
137	变文	88
138	戏剧和戏曲	89
139	戏曲和普通话	89
140	五经文字	90

141	语言无纯洁	90
142	茶叶的名称	91
143	佛和魔	92
144	年龄的古称	92
145	子母和字母	93
146	河北方言	94
147	新闻"5W"	94
148	甲骨文中的"师"	95
149	结婚的不同说法	95
150	物名代词	96
151	两部汉语大型辞书	97
152	讽言词典	98
153	多调字	98
154	异形词	99
155	佛教外来词	99
156	物理学和化学	100
157	社会学和逻辑学	101
158	激光和雷达	102
159	汉字的层次	103

160	生僻字	103
161	一百三十八个多笔字	104
162	正体和草体	104
163	章草	105
164	正体和俗体	106
165	宋体和明体	106
166	偢	107
167	从单音节到双音节	108
168	白字和别字	108
169	日文中的汉字比重	109
170	"一二三"略语	110
171	独体字和合体字	111
172	部首两原则	112

卷二

173	最早的纸书	115
174	古代兵书	115
175	册书	116
176	清朝的人口	117

177	三皇五帝	117
178	中国古代文化的内涵	118
179	中国传统文化的特点	119
180	优秀传统	119
181	内圣外王	120
182	天人合一	120
183	道学和道教	121
184	孔子学《易》	121
185	国学和乡学	122
186	太学	122
187	合卺	123
188	祭酒	123
189	天论	124
190	天下兴亡，匹夫有责	124
191	文起八代之衰	125
192	骈俪	125
193	煮鹤焚琴	126
194	秦直道	126
195	舍利金函	127

196	崔溥漂海录	127
197	邮传文化	128
198	扫墓踏青	129
199	千里送鹅毛	130
200	雁塔题名	130
201	校勘	131
202	阙文	132
203	古和今	132
204	咸亨	133
205	民可使由之	134
206	亭台楼榭	134
207	什么是二十五史？	135
208	简要清通	137
209	古书三大类	137
210	简牍	138
211	殷周简牍	138
212	甘肃简牍	139
213	雕版和册页	140
214	汉字与岩画	141

215	六书三层说	142
216	佛教和汉文化	143
217	服色	143
218	岳飞的贺兰山	144
219	素琴	144
220	烽燧	145
221	范仲淹未到岳阳楼	146
222	三个赤壁	146
223	明代的文学争论	147
224	润笔	148
225	女真汉文学	149
226	潮州学	149
227	熹平石经	150
228	帝王与书法	150
229	茶博士	152
230	卑鄙不卑鄙	153
231	龙有九子	153
232	刀笔吏	154
233	人须笔	154

234	武官造笔	155
235	邢夷造墨	155
236	石墨和烟墨	155
237	徽墨	156
238	程氏墨苑和汉语拼音	156
239	四大名砚	157
240	三元	157
241	八股文	158
242	八股文样品	159

卷三

243	"与共"格	165
244	十佳唐诗	165
245	兵马俑诗	166
246	桃花源记	167
247	阿房宫赋	168
248	人口诗	169
249	卿云歌	169
250	滚滚长江东逝水	170

251	新年诗	170
252	隐喻诗	171
253	辘轳体诗	172
254	百柳诗	172
255	吊白居易	173
256	咏秋诗	173
257	咏柳	174
258	物候诗	174
259	无韵诗	176
260	咏愁	177
261	一字诗	177
262	朝代诗词	178
263	送别诗	178
264	离恨诗	179
265	声韵母诗	180
266	回文诗	180
267	夫妻互忆回文诗	181
268	四季回文诗	182
269	《切韵》	183

270	《广韵》	184
271	武侯祠对联	185
272	字母灯谜	185
273	长兴茶谜	186
274	回文联	186
275	苏州园林对联	187
276	侨馆楹联	188
277	地名联	188
278	林则徐祠对联	189
279	国外友人悼鲁迅	189
280	冷泉	190
281	动物联二则	190
282	叠字联	190
283	杭州叠字联	191
284	高考考对联	192
285	从一到十	192
286	教师婚联	193
287	同部首的对联	194
288	剃头店对联	194

289	科学对联	194
290	湘西情歌	195

卷四

291	过去、未来、现在	199
292	科学与技术的区别	199
293	狼烟信息	200
294	发现龙藏经	200
295	金三角的普通话	201
296	标点符号的引进	202
297	基欺希	202
298	中文横排	203
299	条形码	203
300	条形码的结构	204
301	条形码的来历	205
302	国徽文字	205
303	以色列的教育	207
304	黄遵宪	207
305	公历	208

306	俄历	208
307	匈牙利寻根	209
308	硬件和软件	209
309	光盘	210
310	吟诵艺术	211
311	尺寸和人身	211
312	干旱灭亡古文化	212
313	十大道德范畴	213
314	七大首都	214
315	烹饪技法	215
316	文化和词义	216
317	豆腐始于汉代	216
318	墨猴	216
319	大语种的未来	217
320	挽救小语种	218
321	英语的发展	218
322	英语三个圈	219
323	讲法语的国家	220
324	加拿大的法语运动	221

325	法语的盛衰	222
326	德语超过了法语	222
327	吴汝纶和国语	223
328	国语在台湾	224
329	台湾话和闽南话	224
330	改说汉语的民族	225
331	冰岛的语言化石	226
332	印第安语密码	226
333	印第安人来自亚洲	227
334	智障和学障	228
335	作息时间	228
336	沐浴	229
337	教皇和蒙古汗的通信	230
338	印巴分书	230
339	三宝殿	231
340	网络殖民主义	231
341	五大姓	232
342	20世纪的新消费	232
343	瑜伽	233

344	性和爱	234
345	世界的老虎	234
346	零点调查	235
347	20世纪的重大发明	235
348	秦始皇模式	236
349	煮书	237
350	左驾右行	237
351	温故而知旧	238
352	人类的基本欲望	238
353	诗文不难	240
354	赏月胜地	240
355	正功能和负功能	241
356	苏联和汉语拼音	242
357	语文大众化	243
358	新标点	243
359	人类的哑巴时期	244
360	多民族、多语言、多文字	244
361	印度的民族和语文	245
362	入声和押韵	246

363	爱斯不难读	246
364	李白听不懂唐诗	247
365	梵文翻译	248
366	名片小史	249
367	五大文化圈	250
368	九九消寒图	251
369	儿童的知识来源	251
370	符号有品位	252
371	表达法	252
372	古文字学	253
373	外语文盲	254
374	语体文和文体语	254
375	汉字功能	255
376	十年窗下	255
377	凫和鹤	256
378	语文经济学	256
379	老国音和新国音	257
380	标准语的历史条件	258
381	繁简过渡	259

382	简化十诫	259
383	胡适和白话文运动	260
384	《尝试集》	261
385	承载物和承载体	262
386	货币上的书法	262
387	巨字石刻	263
388	阴阳和南北	264
389	五色土	265
390	滑竿文化	265
391	书籍史展览	266
392	翠竹寺古钟	267
393	郑和碑	267

卷五

394	动物的叫声	271
395	动物信使	271
396	蝠鹿寿	273
397	读书疗法	273
398	四大美女	274

399	"丫头"和"人革"	274
400	狂人绩绵	275
401	菩萨的等级	275
402	以图腾为姓氏	276
403	烟盒文章	277
404	都市十八怪	277
405	半个字的电报	278
406	男女有别	279
407	美人自扰	279
408	莎士比亚的墓志铭	280
409	唐伯虎卖画	280
410	割耳朵	281
411	外交问卜	281
412	什么船儿	282
413	生活在古代	283
414	童言稚语	283
415	市市市	284
416	文武状元对	284
417	皇帝不贪污	285

418	打手势要慎重	285
419	养生歌	287
420	知青之歌	287
421	种豆之歌	288
422	知了的歌	289
423	不负少年头	290
424	自杀和逃走	290
425	遮羞	291
426	败于一撇	292
427	别字别趣	292
428	趣味菜名	293
429	马芮改名	294
430	连读的差异	294
431	哭笑不得	295
432	狐联	296
433	教书十字令	297
434	字形文学	297
435	龟儿和龙孙	298
436	人如其名	299

437	吹毛求屁	299
438	浪花语词	299
439	一"举"成名	300
440	二人和一大	300
441	二姑奶奶收	301
442	扇语	301
443	吸烟协会	302
444	袒腹晒书	302
445	鲁鱼亥豕	303
446	开关错了	304
447	方言笑话	304
448	语言风俗	305
449	标点游戏	305
450	新文言	306
451	圆圈	306
452	圈儿词	307
453	好客的主人	308
454	善于辞令	308
455	鱼不知水	310

456	语言狱	310
457	青年和亲娘	311
458	外婆来信	311
459	豆芽字母	312
460	海有牙	312
461	语病和讽刺	312
462	一七八不	313
463	不同于打喷嚏	314
464	食品名称避讳	314
465	梦文学	315
466	一半儿字谜	316
467	十数谜语	316
468	矛盾字谜	317
469	断肠谜	318
470	群言谜语	318
471	扇联扇谜	319
472	一字师和半字师	320
473	树人	320
474	药名书信	321

前 言

70年代后期,香港中国语文学会主席、香港大学教授姚德怀先生,经常跟我通信,讨论中国语文问题。他把我信中的点滴意见,摘录加工,成为谈话小品,刊登在香港文化学术界的同人刊物《抖擞》上,后来又刊登在香港中国语文学会的《语文杂志》等刊物上,列作"海外文谈"、"语文杂谈"等专栏,从1976年到1982年,前后连载长达七年之久。

出乎意外,这种亦庄亦谐的"超短篇",得到许多读者的欢迎。从1987年到今天,我又用同样三言两语的方式,给上海的畅销小刊物《汉语拼音小报》写"语文闲谈",每期一两小节,也同样得到读者们的欢迎。

经验告诉我,做社会科学的"科普"工作,编写闲谈小品是效果最好的方式。于是,我用谨严的学术态度,继续编写"语文闲谈",努力做到表面上轻松愉快,骨子里紧张严肃。十多年来,我把这一"科普"工作当做我的经常工作。人弃我取,乐此不疲。持之以恒,锲而不舍。

我想,这种闲谈小品,前后是不联贯的,想到哪里就说到哪里,它不能给人以系统的知识。为什么有许多人喜欢阅读呢?原来,读者都有看"闲书"的需要。《语文闲谈》是趣味性的"闲书"。系统知识的读物,需要正襟危坐而读之。在工作疲劳之后,读者需要看些幽默小品,轻松一下,在轻松中取得有益的知识。可以在书斋里看,可以在电车汽车上看,可以靠在沙发上看,可以躺在床上看。这里有笑话,这里有信息,这里介绍新知识,这里提供新资料,这里提出新问题,这里启发新思考。看得无味,可以闭目养神。看得有趣,不妨会心一笑。在似乎是信手拈来的点滴闲谈之中,贯穿着一个信息化时代的中心语文课题:"中国语文的现代化"。

最近,我把新近写的和过去写的闲谈小品,分别去留,删改整理一番,编辑成为这本《语文闲谈》书稿,供读者消遣阅读,随手翻看。闲谈是谈不完的,今后还要一直谈下去。这本小书只是"一千零一夜"的第一夜而已。

本书的编写和出版,长期得到香港中国语文学会李业宏先生和姚德怀先生的鼓励、指导和关怀。敬把本书献给语文现代化的倡导者李先生和姚先生。

周有光

1993 - 01 - 23

时年 88 岁

卷一

1
爹爹和哥哥

"哥",外来语,起初写作"歌"。唐代称"父亲"为"哥"。

顾炎武《日知录》:唐时人称父为"哥"。《旧唐书·王琚传》:玄宗泣曰:"四哥仁孝,同气惟有太平",睿宗行四故也。玄宗子《棣王琰传》:"惟三哥辨其罪",玄宗行三故也。有父之亲,有君之尊,而称之为"四哥、三哥",亦可谓名之不正也已。

敦煌石室发现的句道兴《搜神记》:"年始五岁,乃于家啼哭,唤歌歌娘娘"。"歌歌"(父亲)是唐代早期的写法。

这个习惯直到元代还存在。元曲《墙头马上》:"我接爹爹去来……你哥哥这其间未是他来时节"。这里"爹爹"和"哥哥"都是指"父亲"。

这个习惯是否来源于北方某些民族长子继承亡父的妻妾(除生母外)的风俗?(吕叔湘《未晚斋语文漫谈》)

2
爸爸考

黎锦熙写过《爸爸考》,其中说:"巴巴、八八、罢罢",即"爸爸";"爸"殆原于"伯",今读"父"之本音;"爸爸"较之"父亲"更为古雅。

3
令堂

"令堂"(您的母亲):"令"是敬辞。"堂"是什么意思?

古代住屋,前面突出的部分叫"堂",东西墙叫"序",堂后叫"室"。"堂"为母亲住所。所以敬称"令堂"。(孙剑艺)

4
"先生"种种

"先生"称谓已经使用三千年,最早见于《论语》。后来用法多样化,例如:"古者称师曰先生"(《初学记》引《释名》)。"先生,老人教学者"(《礼记·曲礼上》)。"古谓知道者为先生,犹言先醒也"(《韩诗外传》)。"先生,长者有德之称"(《战国策·卫策》注)。"老成之人称先生"(史游《急就章》颜师古注)。"博士,史称先生"(卫宏《汉旧仪》)。"吾闻先生相李兑"(《史记·范雎蔡泽列传》中称相面术士唐举)。"先生不肯视"(《庄子·人间世》中木工匠石的徒弟称匠石)。"先生不受"(《庄子·让王》中列子之妻称列子)。不仅称男人,也可称女人。

5
孔子的姓名

孔子姓"孔",名"丘",字"仲尼"。

孔子是宋微子之后,微子姓"子",为什么孔子不姓祖宗的"子"姓呢?

《家语》:"孔子,宋微子之后;宋襄公生弗父何,弗父何生宋父周,周生世子胜,胜生正考父,考父生孔父嘉,五世亲尽,别为公族,姓孔氏。孔父生木金父,金父生睾夷,睾夷生防叔,奔鲁,故孔子为鲁人。"

《史记》:"孔子,其先宋人也,曰孔防叔,防叔生伯夏,伯夏生叔梁纥，纥生孔子。"孔父嘉姓"子"，名"嘉"，字"孔父"（父通甫）。"孔父"的后代改姓为"孔"。

《诗·商颂·玄鸟》："天命玄鸟，降而生商"。《史记·殷本纪》："殷契，母曰简狄，三人行浴，见玄鸟坠其卵，简狄取吞之，因孕生契。"微子是殷商之后，以"玄鸟"（燕子）为图腾，"玄鸟"的后代就是"玄鸟卵（子）"，所以姓"子"。《说文》："孔，从乙从子；乙，请子之候鸟也，乙至而得子。""乙"是燕子的侧面图像，"孔"就是"燕鸟后裔"的意思。

孔子名"丘"。"丘"就是"土丘"。《史记》："（叔梁）纥与颜氏女野合而生孔子；（颜）祷于尼丘得孔子。"这是孔子名"丘"的来源。《史记》又说："（孔子）生而首上圩顶，故因名曰丘云。""圩顶"（洼顶），头顶凹下去，像顶上有凹的土丘。后一解释没有前一解释自然。古人童年有"名"，成年有"字"。孔子名"丘"，字"仲尼"。"仲"是"老二"，"尼（泥）"跟"丘"同义。

《史记·索隐》：《家语》云"梁纥娶鲁施氏女，生九女，乃求婚于颜氏，颜氏有三女，小女徵在"，据此，婚过六十四矣。（孔子）生三岁而梁纥死。

传说，颜徵在生孔子不在家中，而在尼丘山洞里；梁纥死

后，她和两岁多的孔子被逐出家门。孔子常说:"吾少也贱。"英雄不怕出身低，伟人多从贫苦来。(周国荣《说孔子姓名字》)

6
"达赖"和"班禅"

"达赖"的全称是"圣识一切瓦齐尔达啦达赖喇嘛"。"圣识一切"，汉语，意为"佛学知识、无所不知"。"瓦齐尔达啦"，梵语，意为"金刚菩萨、不屈不挠"。"达赖"，蒙语，意为"大海"。"喇嘛"，藏语，意为"上人、和尚"。这个称谓包含四种语言:汉、梵(印度)、蒙、藏。

"班禅"的全称是"班禅博克多额尔德尼"。"班"，梵语"班弟达"的简称，意为"学识高深的学者"。"禅"，藏语，意为"大"。"博克多"，蒙语，意为"智勇双全"。"额尔德尼"，满语，意为"珍宝"。这个称谓也包含四种语言:梵、藏、蒙、满。

一个称谓由多种语言组成，反映喇嘛教来自印度，奉行于西藏和蒙古，受满清皇帝的保护。(《百科知识》)

7

藏族人名意趣

藏族有名而无姓。人名有来自宗教的,例如:贡布(救世主)、强巴(弥勒佛)、多吉(金刚)、丹增(掌教者)、卓玛(红度母、仙女)、格桑卓玛(幸福花仙女)、卓玛措(智慧海洋上的仙女)、央金(妙音、自由天女)等。有以出生日期为名的,如:达娃(星期一)、次吉(一日)等。有许愿性质的,如:仓姆决(不再生女孩)、布赤(招弟)等。有取贱名以便好养的,如:琪珠(小狗)、琪加(狗屎)、帕珠(小猪)等。有以绰号为名的,如:过巴(傻子)、惹地(垃圾)、固钦(大头)等。有任意取名的,如:拉森(黑发)、桑戈(纯洁)、日戈(讨喜欢)、穷达(小宝贝、小马)、仁增(掌上明珠)等。(《陕西日报》)

8

努尔哈赤

"努尔哈赤"(Nurhaci),原意是"野猪皮"。满族取名,幼年所穿何种兽皮，即以为名。满族冠汉姓，可以上溯到金代。清初有八大姓：佟（佟佳氏）、关（瓜尔佳氏）、马（费莫氏）、索（索绰洛氏）、齐（齐佳氏）、富（富察氏）、南（那木都鲁氏）、郎（钮祜录氏）。(金启宗《沈水集》)

9
恋人的爱称

维也纳人称恋人为"我的小蜗牛"。刚果人称恋人为"玉米"。滋库人称恋人为"我的小蒜"。布列塔尼人称恋人为"我的小青蛙"。阿拉伯人称恋人为"我的黄瓜"。日本人称恋人为"美丽的山花"。波兰人称恋人为"饼干"。希腊人称恋人为"黄瓜虫"。波恩人称恋人为"小白桦"。塞尔维亚人称恋人为"小蟋蟀"。法国人称恋人为"小卷心菜"。芬兰人称恋人为"温柔的小树叶"。立陶宛人称恋人为"啤酒"。美国人称恋人为"蜜糖"。南斯拉夫加尔纽拉人称恋人为"我的小草"。捷克波希米亚人称恋人为"我母亲的灵魂"。中国呢？

10
千金原是男儿

李延寿《南史》:"谢庄对其子十分钟爱,庄抚其背曰:真吾家千金。"大约宋朝以后,"千金"从称少年男子变为称未婚女子。

11
遗孀和寡妇

林汉达先生(1900—1972)提倡语文大众化,主张用听得懂的白话,代替听不懂的文言。

他研究语词的选择,非常认真。例如:"未亡人"、"遗孀"、"寡妇",用哪一种说法好?《现代汉语词典》里没有"遗孀"这个语词了,为什么报纸还常常用它?

从前有一部电影,译名"风流寡妇",卖座很好。他问:如果译成"风流遗孀",观众会不会大量减少?

有一次,他问一位扫盲学员:什么叫做"遗孀"?

答复是:"一种雪花膏——白玉霜、蝶霜、遗孀"!

12
嫦娥

"嫦娥"又称"常娥"、"姮娥"。"姮"古通"恒"。《诗经》:"如月之恒。"

甲骨文"亘"("恒"的初文)是天地之间一个弦月的图像。"恒娥"("亘娥")意思是"月中美女"。(曹先擢)

13
孟姜女

"孟姜女"姓什么? 姓"孟"? 不对!"孟"的古代意义是"第一"、"老大"。("孟仲季"代表"大二小")"孟春"是"正月"。"孟姜女"是"姜家大姑娘"的意思。(吴小如)

14
臭老九

《新词新语词典》(1989):"臭老九",1.地(主),2.富(农),

3.反（革命），4.坏（分子），5.右（派），6.叛（徒），7.特（务），8.走（资派），9.知（识分子）。

赵翼《陔余丛考》："元制，一官，二吏，三僧，四道，五匠，六工，七猎，八民，九儒，十丐。"谢枋得《叠山集》："大元制典，人有十等，一官，二吏……七匠，八娼，九儒，十丐；介乎娼之下、丐之上者，今之儒也。"老九之臭，由来久矣。

15

她和伊

中古汉语里第三人称代词出现"伊、渠、他"。现代普通话里只保留了"他"，至于"伊、渠"只在某些方言里使用。王力《汉语史稿》："第三人称的性别区分，最初由少数人提倡，始于1917年；本来希望在口语中造成一种分别，后来失败了"。"五四"前后，文学作品中用"伊"，后来都改为"她"。这个"她"字是刘半农在1926年的创造。可是，这只是书面语的视觉区分，不是口语的听觉区分，在口语中"他"和"她"听起来仍旧没有分别。"文法"改了，"语法"未改。

16

"她"字来源

《玉篇》中有"她"字,是"姐"(毑)字的异体。章炳麟说:应当读如毑(同"姼")。这跟今天的"她"字没有关系。

今天的"她"字是"五四"时代刘半农新创的,作为第三人称阴性代词,当然是受了翻译西文的影响。后来又另创一个"它"作为第三人称中性代词。从前的书籍(例如《红楼梦》)里只有"他",没有"她"和"它"。

不分性别,有时是不方便的。例如说:"他(夫)叫他(妻)别抱他(猫)。"

不能说"她",只好说"阿大的妈"了。不过,只改手写,不改口说,没有真正解决问题。

(凌远征《她字的创造历史》,载《教学与研究》杂志1980.4)

17

阿 Q 和唐 Q

"阿 Q",大家知道。还有一位"唐 Q",恐怕有人不知道。

"唐Q",就是"唐吉诃德"(Don Quixote)。

"唐Q"生于1605年,正是欧洲文艺复兴的初期。

"阿Q"生于1921年,正是中国文艺复兴的初期。

"阿Q"比"唐Q"小三百一十六岁。二人的不同是:"唐Q"的义侠冒险失败了,"阿Q"的精神胜利法成功了。

18
"华侨"的词源

中国人移居海外的历史有几千年,但是使用"华侨"一词还不到100年。1898年旅居日本横滨的华商设立一所学校,起名为"华侨学校"。"华侨"一词就此产生。在这以前只说"清国人"、"清商"、"华人"、"华商"等。1909年清国管理农工商的大臣在正式文件中也开始用"华侨"一词。(韩国《中央日报》)

19
"姓"和"氏"

"姓氏"是表明家族系统的称号。"姓"和"氏"原来有分别:

"姓"起于女系（因此写女旁），"氏"起于男系。后来，"姓氏"指"姓"。南宋郑樵《通志·氏族略序》（1161）："三代之前，姓氏分而为二，男子称氏，妇人称姓。氏所以别贵贱，贵者有氏，贱者有名无氏。姓所以别婚姻，故有同姓、异姓、庶姓之别；氏同姓不同者，婚姻可通，姓同氏不同者，婚姻不可通。三代之后，姓氏合而为一。"世袭的姓氏制度开始于周朝。当时只是贵族有名有姓，一般平民有名无姓。这一点与古代希腊、罗马相同，他们的奴隶也是有名无姓。

20
同音姓

Bào 鲍暴。Cháo 晁巢。Chéng 成程。Chǔ 褚储。Fēng 封丰酆。Fú 符扶伏。Fù 傅富。Gān 干甘。Gōng 公宫龚弓。Gǔ 古谷。Hé 何和。Hóng 弘洪红。Jī 嵇姬。Jí 汲吉籍。Jì 计纪季蓟暨冀。Jiāng 江姜。Jīng 经荆。Jǐng 井景。Jū 鞠居。Kuí 隗夔。Lì 郦利厉。Lián 廉连。Lóng 龙隆。Lù 路陆禄逯。Máo 毛茅。Mù 穆牧慕。Niè 聂乜。Páng 庞逄。Péng 彭蓬。Pú 濮蒲。Qí 齐祁。Qiū 邱秋。Qiú 仇裘。Qū 屈麴。Quán 全权。Róng 荣容戎融。Shī 师施。

Shí 石时。Shēn 申莘。Shū 舒殳。Tán 谈谭。Wèi 卫蔚魏。Wén 闻文。Wū 邬乌巫。Wǔ 伍武。Xī 郗奚。Xí 席习。Xiàng 项向相。Xiāo 萧肖。Xiè 解谢。Xū 须胥。Yán 严颜阎。Yǎng 养仰。Yì 易益羿。Yīn 殷阴。Yóu 尤游。Yú 于余俞鱼虞。Yǔ 禹瘐。Yù 喻郁。Yuè 乐越。Zhāng 章张。Zhōng 终钟。Zhū 朱诸。(《语文建设》)

21
姓氏次序

《百家姓》载四百零八个单姓、七十六个复姓。当时宋朝皇帝姓"赵";(浙江钱塘)吴越王姓"钱"(名俶);他的正妃姓"孙";南唐后主姓"李"。所以开头四个姓是"赵钱孙李"。(《民间故事选刊》)

22
容易读错的姓

"种"chóng (不读 zhòng)。"盖"gě (不读 gài)。"区"ōu (不读

qū)。"朴"piáo(不读pǔ)。"仇"qiú(不读chóu)。"单"shàn(不读dān)。"解"xiè(不读jiě)。"尉"yù(不读wèi)。"乐"yuè(不读lè)。"查"zhā(不读chá)。"覃"qín(不读tán)。

例子还有许多。有的当事人自己读法不同,字典注音不能概括。

23
数字姓

姓"一":鲜卑族有一那娄氏、一弗氏,或为汉姓"乙"转成。广东花县、四川彭山有此姓。

姓"二":"二"与"貳"通,"貳"是周代侯国,以国为姓,其中一部分改姓"二"。

姓"三":明代有一县丞叫三庸道。

姓"四":清乾隆年间孟县千总叫四全。

姓"五":"伍"姓避仇,去人旁作"五",宋代桂阳有五应简。

姓"六":"六",古国名,以国为姓,今安徽六安。

姓"七":康熙年间瑞安副将叫七春贵。

姓"八"：明亡，"朱"姓分为"牛"、"八"，但清前已有"八"姓。

姓"九"：明洪武年间江西德兴知县叫九焯。

姓"十"：台湾台北、新竹、彰化有此姓。

姓"壹"：明永乐兴化有壹振昌。

姓"贰"：后秦平阳太守叫贰尘。

姓"叁"：南宋绍兴进士叁徐。

姓"肆"：周代宋大夫叫肆成。

姓"伍"：大姓。

姓"陆"：大姓。

姓"柒"：清咸丰年间玉林人叫柒永严。

姓"捌"：明宣德年间江阴利港巡检叫捌忠。

姓"玖"：《姓苑》一书有此姓。

姓"拾"：清康熙贡士铜山人叫拾璜金。

姓"百"：秦百里奚之后百里氏，简作百氏。

姓"千"：魏时杨千里入蜀，子孙有的姓千，今人有千家驹。

姓"万"：大姓。

姓"兆"：《广韵》中有此姓。

姓"亿"：今山西屯留、上海宝山、台湾等地有此姓。

姓"零"：明代有零混。（张俊良）

24
人地名拼写法

正词法规定，汉语姓名采用两分法，"姓氏"和"名字"分开，各自连写，不加短横。例如：关羽 Guan Yu，关云长 Guan yunchang（不写 Guan Yun-chang）；诸葛亮 Zhuge Liang，诸葛孔明 Zhuge Kongming（不写 Zhu-ge Kong-ming）。

地名结构比较复杂，基本上也用两分法。例如："西直门外/东小街"，分为两段，Xizhimenwai Dongxiaojie。有人主张各个音节分写：Xi Zhi Men Wai Dong Xiao Jie，好吗？哪种写法阅读方便？

25
译名统一难

"马克思"的汉字译名，曾经有"麦喀士、马陆科斯、马尔克、马儿克、马可思、马克司、马尔格时、马克斯、马格斯、马克思"等等写法。从1902年到1923年经过二十一年才统一为"马克思"。

"恩格斯"的汉字译名，曾经有"嫣及尔、英盖尔、恩极尔斯、安格尔斯、昂格士、昂格斯、恩格斯"等等写法。从1906年到1930年经过二十四年才统一为"恩格斯"。

26
三个里根、三个布什

Reagan一上台,北京译作"里根",台湾译作"雷根",香港译作"列根",一人变仨!

Bush一上台,北京译作"布什",台湾译作"布希",香港译作"布殊",一人变仨!

何止他们两位?其他外国人名也个个有"化身"。孙猴子何其多也!

27
古人名难读

古人名难读。略举数例:女娲(wā)氏,补天女神。史籀(zhòu),周太师,作籀文。句(gōu)践,越国君。老聃(dān),古哲学家。伍员(yún),春秋时人。冒顿(mò dú),匈奴王。钱俶(chù),吴越国君。颛顼(zhuān xū),传说古国王。樊哙(kuài),刘邦的臣子。难读的古人名应当在书中注音。古人名可否"古字

今读",需要研究。(宋文献)

28
因卑达尊

"因卑达尊":通过低一级的人把话转达到高一级的人,这是古代的称呼方式。

"足下":君主在上坐,侍臣在下立,头顶几乎在君主的"足"下。不敢直告君主,请立于"足下"的侍臣代达。汉以降,对君主另有尊称,"足下"转用于同辈。

"陛下":陛下就是阶下,殿前台阶之下常有武装侍臣。自秦始皇始,"陛下"成为对天子的专称。

"殿下":王侯所居之高堂称"殿"。汉以来,皇太子、诸王称殿下;唐以后,专称皇太子。

"阁下":中央官署称"阁"。对高官,称"阁下"。后来,通用于平民之间。

"门下":跟称阁下相仿。

"麾下":麾,本义指军中帅旗。通过帅旗以下的人上达意见。

"节下":节,符节;武将、使臣以"节"为凭信。站在"符节"之下的人。

"毂下"：毂，车轮中间的圆木；毂下，辇毂之下，意近阁下、麾下。

"膝下"：指父母，儿时绕膝下。这不属于"因卑达尊"。

以上称呼，有的现在报纸还偶尔用到，主要对外国首脑。（王学聪）

29
名称最长的首都

泰国首都"曼谷"名称最长。1782年，泰国国王"拉玛一世"给它取的名字，音译成汉字有四十一个字：

"共台甫玛哈那坤奔他哇劳秋希阿由他亚马哈底陆蒲欧叻辣塔尼布黎隆乌冬帕拉查尼卫马哈洒坦"。

人们嫌它太长，简称为"共台甫"；外国人叫它"曼谷"。

30
最长的村名

安徽萧县西南芦花乡，有一村名"鞭打芦花车牛返"。七个字。

孔子弟子闵损,字子骞,少丧母,继母生二弟。寒冬随父驾车,行至一村,子骞颤栗,鞭坠于地。父以鞭击之,衣破,芦花飞出。父视弟衣,尽丝絮,乃悟继母不慈,欲出之。子骞跪而求曰:"母在一子单,母去三子寒。留下高堂母,全家得团圆。"继母闻之,改行成慈母。后人以此事名村。

31

地名心态

地名反映社会心态。

有些地名表示对"龙"的崇拜。"龙"成为地名,最早见于《春秋·成公二年》:"齐伐我北鄙,围龙"。杜预注,"龙"为"春秋时鲁邑,在泰山博县西南"。《中国古今地名辞典》收录带有"龙"字的地名三百多处。

有的地名祈求太平、安宁。例如:"太平"、"永平"、"永宁"、"永和"等。

有的地名祈求福寿、昌盛、吉祥;地名中很多"寿、吉、昌、福"等字。由"寿"字构成的地名有:"寿宁县、寿春府、寿保场、寿星坡、寿昌溪"等。

有的地名起源于姓氏,是宗法社会的遗迹。例如:"石家集、李家湾、冯家渡、韩家山"等。

32

地名的神力

唐明皇为了抵御安禄山,把"鹿城县"改名"束鹿县",把"鹿泉县"改名"获鹿县",希望安禄(鹿)山一到此地就被"束缚"和"擒获"。

解放后,"镇南关"改名"睦南关",可是后来在"睦南关"发生了中越战争。(朱靖宁《改地名、求胜利》)

33

湖泊的称谓

湖泊的称谓(通称)有多种。例如:台湾叫"潭"(日月潭),河北叫"淀"(白洋淀),吉林叫"泡"(龙虎泡),新疆叫"泊"(罗布泊),内蒙古叫"淖"(查汉淖),云南叫"海"(洱海),北京也叫"海"("北海"、"中南海")。

34

湖和海

蒙古人把湖叫做"海子",简作"海"。《元朝秘史》提到捕鱼儿海子(贝尔湖)、阔连海子(呼伦湖)。定都北京后,有"北海、中南海、什刹海"等湖名。(《中国教育报》)

35

"支那"的来源

三百多年前,卫匡国说:"支那"是"秦"的音译。西域各国称中国人为秦人。印度译为"支那",最早见于前5世纪印度两大诗史《摩诃婆罗多》和《罗摩衍那》。玄奘《大唐西域记》有"摩诃脂那"。《新唐书·天竺国传》有"摩诃震旦"。薛福成《出使日记》:"欧洲各国称中国之名,英曰采依那,法曰细纳,意曰期纳,德曰赫依纳,拉丁之名曰西奈,问其何义,则皆秦之音译"。

1911年,德国雅可比提出质疑:公元前300年前,印度梅陀罗简多王之臣商那阁的《政论》中记载:"支那"产丝,曾贩卖到印度。秦国强盛开始于公元前247年,而《政论》成书在公元前300年,早于秦,因此,"支那"音译源出"秦"的说法,不攻自破。印度两大诗史编定于纪元后,但是其内容却成于公元前5世纪,这也说明"支那"不可能是"秦"的音译。"支那"的来源成了疑问!(王齐秀《支那音译之谜》)

36

"中国"

"中国"这个词至迟出现在春秋时期。当时的"国",大的不到今天一个省,小的不过今天一个县,最小的只相当于今天一个乡或一个大一点的村,所以总数多得不胜枚举。于是地理处于中心区的"国"就被称为"中国"。这一中心区开始只限于今天的黄河中下游,主要是晋、郑、宋、鲁、卫等国和周天子的直属区。今天的淮河流域、长江流域、海河流域、渭河流域还不能算"中国",秦、楚、吴、燕等国更不能称为"中国"。到了秦汉时代,秦、楚等国的旧地都成了统一国家的一部分,渭河流域的关中盆地还成了首都所在,这些地区当然都算做"中国"了。

"中国"的概念始终是模糊的,不明确的。即使在中原王朝内部，人们也可以视其中较边远偏僻的地区为非"中国"。例如在西汉时，今天的湖南、江西虽已设置郡县，却还未被承认为"中国"。到了明朝，湖南、江西可以被称为"中国"，今天的云南、贵州一带还被当做非"中国"。

直到晚清，"中国"作为国家的概念已经明确了，但是清朝的正式名称还是"大清国"、"大清"或"清"。1912年中华民国建立，"中国"才成为中华民国的正式简称，成了国家的代名词，中国也有了明确的范围——中华民国的全部领土。（葛剑雄《普天之下》1989）

37

祖国和中国

有人反对说"中国"，要求改说"祖国"，这样可以表示更加强烈的爱国情绪。许多编者喜欢把作者写的"中国"改成"祖国"。但是，这不一定对。因为，"祖国"多得很，人人都有"祖国"，每一个国家都是某些人的"祖国"，"中国"只有一个。中国邮票上印"中国"，不印"祖国"。"祖国"一词只能在一定场合使用，不宜滥用。例如，不能把"克林顿去中国"说成"克林顿去祖

国"。(齐实)

38
澳门的由来

"澳门",又名"濠镜澳、香山澳、濠江、濠海、海镜、镜海、镜湖、马交",包括澳门半岛、氹仔湾和路环岛,位于珠江口西岸。

"凡海中依山可避风、有淡水可汲,曰澳"。当地盛产"蚝",风平时海面如镜,故名"濠(蚝)镜澳";有南北二台,相对如门,又称"澳门"。

葡萄牙人最初在"妈阁(庙)"登陆,译名"Macao"(马交)。一说:"马交"是"妈港"变音,而"妈港"是"妈祖"(女海神)之港。

秦始皇时,澳门属南海郡番禺县,南宋以后改属象山县。1553年葡萄牙人"借地晾晒水浸货物",获准在澳门半岛暂时居住。鸦片战争之后,1845年葡萄牙人自行宣布为自由港;1848年封闭清政府在澳门的海关,赶走中国的官员,武力扩大对澳门半岛的占领;1851年占氹岛;1864年占路环岛。1887年强迫清政

府签订《中葡北京条约》，同意葡萄牙"永驻管理澳门"，但条约未划定澳门的界线。1999年归还中国。(何岗)

39

重庆地名由来

1997年，设立重庆直辖市，包括万县、黔江、涪陵，实际是三峡地区。

周初，巴国定都江州。战国时期，秦惠文王后元九年（前316），秦大将张仪灭巴国。北宋为恭州。南宋光宗起初受封于此，不久继位为帝，双重庆贺，改名重庆。另说，地处绍庆和顺庆之间，因名重庆。(陈国生)

40

上海的别名

"春申江"，简称"申江"。"申报"、"申曲"、"申城"，由此得名。传说，两千多年前，楚国贵族春申君疏凿了一条河流，后称"春申江"。

"黄歇浦",简称"歇浦",纪念名叫"黄歇"的春申君。"黄埔江"由此得名,简称"浦江"。

"沪渎",注入东海的一条河流。"沪"("滬"),原写"扈",捕鱼工具,近似"簖"(拦河插在水中);"渎"("瀆"),注入海的河流。"沪剧"、"沪上",由此得名。

"云间":《云间志》说,上海称"云间"(多云之地),始自西晋文学家陆云,字士龙。陆云见文学家荀隐,字鸣鹤。陆云自己介绍"云间陆士龙"。荀隐也自己介绍"日下荀鸣鹤",形成巧对。《滕王阁序》:"望长安于日下(洛阳),指吴(吴郡)会(会稽)于云间(上海)。""云间"地处吴越交界。明董其昌,上海华亭人,他的画派称"云间画派"。

"华亭",原为松江的古称。三国时,吴封陆逊为华亭侯。后松江归属上海,"华亭"又成上海的别称。今上海有"华亭宾馆"。

(顾关元)

41

三秦

秦亡,项羽三分关中。1.立秦将章邯为雍王,领有今陕西中部咸阳以西地区。2.立司马欣为塞王,领有今陕西咸阳以东地区。3.立董翳为翟王,领有今陕西北部地区。三者合称"三秦"。

后来,人们把陕西省称为"三秦"。"三秦"以"长安"为中心,历史上有西周、秦、西汉、新莽、西晋、前秦、前赵、后秦、西魏、北周、隋、唐十二个王朝建都于此。(《大众日报》)

42
三国地名

《三国演义》电视剧引起人们对古今地名的注意。略举数例:建业(今南京),小沛(江苏沛县),广陵(扬州),官渡(河南中牟),宛城(河南南阳),樊口(湖北鄂州),赤壁(湖北嘉鱼),隆中(湖北襄阳),夏口(武汉),长坂坡(湖北当阳),南郑(陕西汉中)。

43
新疆地名

克拉玛依:"黑油"(维吾尔语)。

吐鲁番:"都会"(维吾尔语)。

哈密:"瞭望墩"(维吾尔语)。

阿克苏:"白水"(维吾尔语)。

喀什噶尔:"各色砖房"(维吾尔语)。

塔里木:"宜种之地"(维吾尔语)。

乌鲁木齐:"优美牧场"(蒙语)。

阿尔泰:"黄金之地"(蒙语)。

巴里坤:"老虎爪子"(蒙语)。

塔尔乌塔(塔城):"旱獭之地"(蒙语)。

察布查尔:"粮仓"(锡伯语)。

克孜勒苏:"红水"(柯尔克孜语)。

塔什库尔干:"石头城堡"(塔吉克语)。

赛里木(湖):"祝愿"(哈萨克语)。(以上解释有歧义)(吴玉泉)

44

大行山

甲乙两人走过"太行山",看到山上刻着"大行山"三个大字。甲念"da-xing-shan",乙念"tai-hang-shan"。乙说甲错了;甲说乙错了。两人同去问语文老师。

甲问:这三个字是否念"da-xing-shan"?老师说:"对"。

乙问:这个山名是否念"tai-hang-shan"?老师说:"对"。

两人齐声质问:"为什么两个都对?"

老师说:"三个字"分开来念是"da-xing-shan",作为一个山名连起来念是"tai-hang-shan"。单个字的念法不同于作为一个名称的念法。

汉字真难念!(行者)

45

王府井

"王府井",有七百年历史,近百年来是北京的商业中心,20世纪90年代进行大改造。称为"王府井",因为明朝在此建筑一座王府(十五府),道路南端开了一口甜水井。

《京华百二竹枝词》(1906)写道:"新开各处市场宽,买物随心不费难。若论繁华手一指,请君城内到东安。""东安市场"是集市式的购物中心,它带动了王府井大街的繁荣。(刘一达)

46

枫桥原名封桥

"枫桥"原名"封桥"。《大清一统志》引宋周遵道《豹隐纪谈》:枫桥"旧作封桥";古代运输经过此桥,即达铁铃关,夜间闭关、封桥,因名"封桥";"天平寺藏唐人书帖"背面写有久住"封桥"的题字。"枫树"实际是"乌桕树"。清王端履《重论文斋笔录》:"江南临水多植乌桕树,秋叶鲜红";"枫性最恶湿,不能种之江畔";张继看到红叶,误作枫叶。诗人写景,本不必拘泥物种,"江枫"名句,反使桥名增色,平添意境之美。

47

将错就错的"国名"

1472年,葡萄牙人到达中非"喀麦隆",听到当地渔民捕获了龙虾,高兴得大喊"喀麦隆"!以为这个地方的名称叫"喀麦隆"。将错就错,成为国名。

欧洲人到达西非"几内亚",问一个女人,这个地方叫什么名称。女人听不懂欧洲话,回答说:我是"几内"(女人),什么也不懂,去问男人吧。欧洲人听错了,以为她说这个地方叫"几内"。将错就错,成为国名。

欧洲人到达东非"吉布提",问一个老者,这是什么地方。老者正在做饭,以为问他这是什么,回答说,"吉布提"(我的锅)。将错就错,成为国名。

"加拿大"是什么意思?众说纷纭,莫衷一是。也跟错听土人语言有关。一位加拿大文学家说:可怜我们连自己的国名也还没有懂得!

将错就错,积非成是,在语言中比比皆是。

48

美利坚合众国

这个名词在美国《独立宣言》中由起草人 Thomas Paine (1737—1809) 首次使用,宣言的副标题是"美洲十三个联合的州(邦)一致通过的宣言"。在独立战争中,自称"联合殖民地";独立之初自称"北美合众国"。1778 年大陆会议定名 The United States of America。中译名曾称:米利坚、美里哥、花旗国等。(刘伉《世界地名纵横谈》)

49

民族语地名

电视气象图上,地名的拼写法有的跟《汉语拼音方案》不同。例如,"呼和浩特"HOHHOT,"乌鲁木齐"URUMQI,"拉萨"LHASA。什么道理?

这些是少数民族语,不是汉语,拼写法依据各民族语的规定,不依据《汉语拼音方案》。

50

马亚和玛雅

墨西哥的尤卡坦半岛,有古 Maya 文字的文化遗迹,这是美洲原住民惟一达到成熟水平的自创文字和自源文化。近来美洲开发银行提供一亿五千万美元,保护和开发 Maya 地区的旅游计划。

Maya,如何音译?"马亚",还是"玛雅"?从俗,还是从雅?从易,还是从难?从简,还是从繁?这是一个音译用字问题,也是一个语文发展问题。

51

"T 恤"

"T 恤"是广东洋泾浜,现在这个词已经进入普通话。这原来是美国海军陆战队穿的一种衬衫,英语叫"Tee Shirt"。战后,退伍军人把它当做汗衫穿。由于一部电影的男主角穿了这种汗衫,20 世纪 50 年代随电影而流行到香港。1962 年美国"内衣裤学会"发表"T 恤宣言"说:"T 恤既可当内衣穿,又可当外衣穿。"于是,"T 恤"成了走俏商品。

52

"旮旯儿"

北京话里有"旮旯儿"(galar)一词,义同"角落",指"幽暗、偏僻、一隅之地"。较早见于《儿女英雄传》二十七回:"在炕旮旯儿里换上(衣服)"。作者:文康,写于一百五十年前。

"旮"是"旭"的异体字,载于金人韩孝彦《篇海》,明梅膺祚《字汇》、清《康熙字典》仍之。《说文》:旭,"日旦出貌,从日、九声"。"九"个"日"(太阳)表示大放光明。

"旭"倒过来成"晃"。意义从"明"变为"无明"(阴暗)。这跟"上"倒过来成"下"、"可"反过来成"叵"道理相同。(徐世荣《"旮晃儿"字形的来历》)

53
塔

"塔"是印度梵文 stupa 的音译简化。原译"窣堵波",简化为"偷婆"或"塔婆",又简化为"塔"。后来又"双音节化"成为"宝塔",更后又构成新词"水塔、灯塔、跳伞塔"等。(潘允中《汉语词汇史概要》)

54
"象棋"

"象棋"一词中的"象"字是什么意思?"象"是"相像"、"模仿"的意思。"象棋"模仿战争,有将士相、车马炮。因此称"象棋"。(曹先擢)

55

有米有丝的"彝"

"彝族"本写"夷族"。"夷"是好字眼,"能制造弓箭的民族",可是后来意义发生变化,含有贬义了。解放后改写"彝"字。据说,取"彝"字内中"有米有丝",表示生活优裕。现在人们又觉得"彝"字笔画太多,建议改写"仪"字。"仪族","有礼仪的民族",这不比"有米有丝"的意义更高雅吗?"僮族"因为"僮"字笔画太多,改写"壮族",大家满意。"彝族"改写"仪族",大家会满意吗?

56

"甘单"和"邯郸"

战国时期赵国在"甘单"地方铸造的货币称"甘单布"。币上铸有"甘单"二字。后来"甘单"二字都加上部首"阝"(邑),成为"邯郸"(在今河北),表示是"城邑"名称。这是汉字的"形声化"和"专用化"。"形声化"和"专用化"使汉字大量增加。

57

馒头和包子

北京话:有馅叫包子,无馅叫馒头。吴语(上海、苏州等地):有馅无馅都叫馒头。"馒头"最早见于晋朝束皙的《饼赋》,作"曼头"(后加"饣"旁)。宋人笔记有"生馅馒头"、"羊肉馒头"等,但是也有"鹅鸭包子"、"水晶包儿"等(见《东京梦华录·外四种》)。《水浒传》有"人肉馒头"。(吕叔湘《未晚斋语文漫谈》)

58

"财"字新解

"财",左边是"贝",右边是"才"。"无才难有贝,无贝则无才",是谓"财"字新解。(《南方周末》)

59

侃"侃"

侃,从川,水流不息也,形容谈说:口若悬河、滔滔不绝。

《论语》("乡党"、"先进"):"侃侃如也"。常言:"侃侃而谈"。《十三经注疏·论语》孔安国注:"侃侃,和乐之貌"。杨伯峻《论语译注》:"温和快乐的样子"。朱熹《四书集注》:"侃侃:刚直也"。人名有:"陶侃、黄侃"等。晚近用法:"侃爷、能侃、巧侃、乱侃、随侃、侃大山、侃出来、侃得好"等。(《语文建设》)

60

盘古

"盘古"又称"槃瓠",是古代南方民族(瑶族、畲族、苗族)传说中开天辟地的神明。两汉(前206—公元220年)书籍没有"盘古"的记载。三国时候(220—280年),徐整作《三五历记》,开始有"盘古"的记载。这个名称是少数民族语言的音译。

元世祖忽必烈曾下令考证"盘古"遗址,在至元十五年(1278年)认定河北会川(今青县)城南"盘古村"为"盘古"的发祥地,在此建立"盘古庙",后改称"盘古祠"(《元史·祭祀志》)。现在除"盘古祠"外,还有"盘古墓"、"盘古沟"、"盘古井"、"盘古潭"等遗址,都是后人补充的建筑。(晋吾《盘古遗址今何在》)

61

阿弥陀佛

常听人说"阿弥陀佛"或"南无阿弥陀佛"。这是什么意思?

"南无"是梵文 namas 的音译,意为"顶礼"。"阿弥陀佛"是 Amitabha Buddha 的音译,意为"无量寿佛"。连起来就是"顶礼无量寿佛"。

佛教徒常念,不信佛教的人也常念。念多了,失去原来意思,成为一个感叹词了。

62

泡沫经济

这是一个新名词。

名词来源:1711 年,英国在西班牙领属的南美洲设立"南海公司",垄断该地区的贸易。公司股票在半年之内上涨十倍,可是不久一落千丈。投机者忽而发财,忽而破产。当时称之为"南海泡沫事件"。

1985—1990 年,五年之中,日本出现现代的"泡沫经济"。起初是股票猛升,地价狂涨;后来是公司倒闭,经济萧条。

63
晚

"晚",除晚间的意义外,是"晚生"的简称。原为后辈对前辈的自谦之称。宋代士大夫对位高年长者自称晚生。明清翰林入馆,投刺于先登甲第者,书晚生(参看《辞源》"晚"和"晚生")。但是,后来用法渐渐变化,非亲属的平辈之间,为了表示谦虚,也自称晚生或晚,甚至非亲属的长辈对晚辈,为了表示谦虚,也自称晚生或晚。于是,"晚"这个谦称变成不能用于小辈对长辈,特别不能用于近亲的小辈对长辈,用了反而会变成笑话。

64
制

"制",除制度等意义外,是"守制"的简称。旧时,父母死后,自闻丧之日起,不得任官、应考、嫁娶,要在家守孝二十七个月,叫做"守制"。在守制期间,跟别人通信,在自己的名字前面,写一个"制"字,表示父母丧亡未久(参看《辞源》"制"和"守制")。

有一个笑话:某生,好学斯文,见别人写"制",自己也学着写"制"。朋友们见到他，都表示同情，低声问他："令尊大人可安康?"他说："安康。"朋友们又问："令堂大人可安康?"他说："安康。"朋友们又问："令尊祖父可安康?"他说："安康。"朋友们又问："令尊祖母可安康?"他说："安康。"朋友们非常奇怪，不好再问下去了。他非常得意，对人说："这个制字真好，写了它，有那么多的人对我家里人关心!"

65
市井

"市井"：市场设在井边，便于洗涤。《管子·小匡》："处商必就市井。"《风俗通》："俗言市井者，言至市鬻卖当须井上洗濯，令鲜洁，然后市"。

"市肆"：市内有商肆（商店）。汉以前称"市井"，汉以后有"市肆"。《清明上河图》所绘就是市肆场景。"市肆"有一列商店，又称"市列"或"列肆"。

"市楼"，市肆中的楼房；立旗作为标志，又称"旗亭"；标志又称"幌子"或"市招"。(顾关元《市井、市肆、市楼》)

66
玉米多名

玉米,又称:玉蜀黍、苞米(包米)、包谷、玉茭、玉麦、玉高粱、苞芦、棒子、珍珠米。一物多名好呢,一物一名好呢?

67
"稻"和"麦"

"稻"和"麦"是中国的主要粮食。

"稻"字未见于甲骨文,但是见于金文,从"禾"旁或从"米"旁。长江中下游有六十一处新石器时代遗址中发现炭化稻米或稻壳痕迹。浙江桐乡罗家角和余姚河姆渡遗址出土的炭化籼稻年代最早,距今有七千年左右。

"麦"字见于甲骨文。但是今天盛产小麦的黄河流域没有发现新石器时代的小麦遗迹。可见小麦是较晚引进的作物。安徽亳县钓鱼台发现西周小麦遗迹,推测中原地区种植小麦可能在四千年以前,大约是从西北地区传播过来的,晚于新石器时代。

68

"族"字新用

有这样一段文章:

"眼下,一种特殊品格的随笔,颇红火,颇走俏。几种文体为了给自己增面子,都抢它,想把它拉到本族里来。散文族抢它。杂文族抢它。论文族抢它。评论族抢它。但愿谁也抢不到它。"

我不是来推荐这段文章,而是来指出这里的一个"族"字。"族"字的这样用法,现在"红火"、"走俏"起来了。"族",什么意思?

《现代汉语词典》:族——1.家族;2.古代的刑罚;3.种族、民族;4.事物有某种共同属性的一大类:水族、语族、芳香族化合物。第4义项跟上例相合,但是如此扩大应用是新风气。汉语正在突破旧框框。

69

"烤"

齐白石写了"清真烤肉宛"招牌之后,在下边注上几个字:

"诸书无烤字，应人所请，自我作古"。这引起了"烤"字来源的寻找。

"烤"字不见于《说文》、《广韵》、《集韵》。在《中华大字典》（1931年）、《辞源》（1979年）、《辞海》（1989年）、《汉语大字典》（1988年）中，有"烤"字，但是都没有指出"始见书"。

可是，《汉语大词典》（1991年）指出，"始见书"是《红楼梦》第四十二回："粗磁碟子不拿姜汁子和酱预先抹在底子上烤过，一经了火，是要炸的。"《乾隆抄本一百二十回红楼梦稿》写于1784年，这证明"烤"字至少有一百多年的历史了。

后来又发现，清潘荣升《帝京岁时纪胜》中有"烤羊肉"的记载："灯火荧辉，游人络绎，焦包炉炙，浑酒樽筛，烤羊肉，热烧刀，此又为游人之酌具也"。此书刊于乾隆二十三年，即1758年，比《红楼梦》早二十六年。（《北京晚报》）

70

二桥变二乔

《三国演义》中说，诸葛亮为了刺激周瑜使他决心抗魏，故意把《铜雀台赋》中的"二桥"改为"二乔"。原赋是"云连二桥于东西兮，若长空之蝃蝀"；改为"立双台于左右兮，有玉龙与金凤；揽二乔于东南兮，乐早夕之与共"。"二乔"：乔国老的两个女儿，"大乔"是孙策之妻，"小乔"是周瑜之妻。这本是说书人的"插科"，但成了家喻户晓的趣话。在"赤壁之战"的时候，铜雀台还没有建造，可是连诗人杜牧也借此作诗："折戟沉沙铁未销，自将磨洗认前朝；东风不与周郎便，铜雀春深锁二乔。"文学本来不是历史。

71

"东西"

《现代汉语词典》：东西，1.泛指各种具体的或抽象的事物；2.特指人或动物。

《辞源》：物产于四方，约言之曰东西，犹记四季而约言春秋。

这都没有真正说明为什么把"事物"称为"东西"。

据说：东汉时候有两个京城：东京和西京。到东京买货叫做"买东货"，到西京买货叫做"买西货"。商店陈列两京货物，叫做"东西货"，简称"东西"。这种说法比较有说服力。

"不是东西"可能是"不是好货"的转变。"不是好货"说成"不是好东西",又说成"不是东西"。

民国初年,南北分立,各有总统。有人写一副对联,讥讽这种分裂局面:民犹是也,国犹是也,何分南北;总而言之,统而言之,不是东西。

72

"悦己"和"己悦"

《战国策·赵策》:"士为知己者死,女为悦己者容。"司马迁把"死"改为"用"。

近来有人把"悦己"改为"己悦"。"悦己"是被动;"己悦"是主动。

73

"星期"词源

"星期"这个说法从何而来?"星期"是"week"的翻译。"week"根据《英汉大辞典》(1993年)原意是"改变、更番"的意思。为什么译成"星期"呢?中国原来有"七星"的成说和

"七月七夕牛郎织女渡鹊桥"的神话。一个"week"是七天,译成"星期"(七日之期)最为确当。曾经译作"礼拜",现在很少使用了。

74

外来事物的名称

外来事物的名称,往往有明确的标记,说明是从何而来。例如:

来自北方的称"胡":胡萝卜,胡葱(大葱),胡琴(已经成为"国乐",并派生出二胡、四胡、京胡、梆胡);古代有胡服、胡床等。

来自西方的称"西":西医、西餐、西菜、西装、西红柿(洋柿子、番茄)、西葫芦、西瓜(来自西域)等。

华南把来自外国(番邦)的称"番":番茄、番薯、番菜(西菜)等。

较晚来自外洋的称"洋":洋葱、洋白菜(圆白菜、卷心菜)、洋装(西装)、洋娃娃(娃娃)、洋山芋(洋芋奶、土豆)、洋风炉(上海说)、洋房子、洋火(火柴、洋取灯儿)、洋铅皮(洋铁皮);有些已经去掉"洋"字,洋烟(香烟、鸦片烟)、洋布、洋线、洋袜子、洋伞（阳伞）、洋机（缝衣机）、洋灯（火油灯）、洋蜡烛、洋马（自行车）、洋车（东洋车、黄包车）、洋枪、洋刀（小刀）、洋钉、洋钱、洋学堂等。

有的指明来源：旗袍（来自旗人，满族）、羌笛（来自羌人，已经不说）、吕宋烟（来自吕宋，菲律宾）等。

名称中贮存着事物传播的历史。

75

OK

OK 已经进入中国人的口语。

据说这起源于1839年美国《波士顿晨报》把 all correct 开玩笑地写成 Oll Korrect，并缩写为 OK，后来在美国口语中大为流行。英国拒绝这个不文雅的说法，直到1974年才收入《新版牛津高级词典》。

今天，中国大城市到处可见"卡拉OK"招牌。人们误认其中的 OK 就是美国的 OK。其实这是英语 orchestra 音译成为日语罗马字 okesutora 的缩写，跟美国 OK 无关。

76
蝇歌烟舞

近来出现一些新成语:"蝇歌烟舞"(环境污染);"出口成脏"(满口脏话)。新鲜?风趣?

又有新成语的广告:"默默无蚊"(蚊烟香广告);"酒久难忘"(酒的广告);"烧胜一筹"(火炉广告);"骑乐无穷"(摩托车广告);"十卷十美"(胶卷广告);"爱不湿手"(洗衣机广告)。新鲜?奇妙?

语文教师皱着眉头说:"这是同音污染!"

77
作茧自缚

这个成语是科学的误解。蚕作茧,是"自护",不是"自缚"。蚕的幼虫,在茧的保护中,蜕变成蛹,避免外界侵犯,蜕变完成,破茧而出,成为蛾。

78

一衣带水

"一衣带水",应当读成"一/衣带水",不可读成"一衣/带水",意思是:一条衣带似的水。格式相同的成语还有:"弱/不禁风","义/无反顾"等。

79

鸡豚狗彘

《孟子》:"鸡豚狗彘之畜,无失其时,七十者可以食肉矣。""鸡豚狗彘"是三种动物,还是四种动物?许多翻译家都说是三种动物:"鸡、狗、猪(豚,小猪;彘,大猪)"。但是,为什么说了小猪,又说大猪呢,而且小猪和大猪中间隔着一条狗?

80

词典和辞典

"词典"和"辞典",意义相同。过去多用"辞典",现在多用"词典"。"词"的语言学意义已经确立。"词"(语词、词语),"语言的意义单位","语言里最小的、可以自由运用的单位"。在古代,"词"和"辞"原来都是"语言"的意思,不是"语词"(意义单位)的意思。

81

"零"和"○"

"○"是一个中性数,非正非负,超然于万数之外。"○"的创造使人类思维得以真正超越"有限"而进入"无限"。"○"在近代分析数学的发展史上建立了不朽的功勋。

"零"的原意是"零碎"、"零头",而不是"○"。"零"被赋予"○"的含义只是近一两百年的事情。(史国宁)

82

扇

扇,从户从羽,可见羽扇最早。汉代有纸扇。宋代有折扇。明清折扇，精巧无比。有中藏小牙牌的酒令扇，有内嵌异香的公子扇，有闺秀遮面的瞧郎扇，有骨藏匕首的绿林扇，有暗埋迷药的谋士扇，不一而足。(《旅游时报》)

83

甪直、甪堰

《汉语大词典》："甪"，1.甪端，传说中的神兽名；2.地名用字：古有甪里，现代有江苏甪直、浙江甪堰；3.指古人甪里先生。

《辞源》："甪"字本有"禄"音，或省作"甪"。唐李匡义《资暇集》："汉四皓，其一号甪里，甪音禄；《魏子》及孔氏《秘记》、荀氏《汉纪》，直书禄里。"

"甪里"可写"禄里"，"甪直"和"甪堰"当然可写"禄直"和"禄堰"。建议废除今天只用于个别地名的生僻字。

84

$ 的由来

"$"(中间有两竖，现在省作一竖)，是古代西班牙银币图案的简化。两竖是两根柱子,各有卷轴缠绕,代表直布罗陀海峡两边的山崖。希腊神话说,两边山崖原来是合并的,为大力士赫格里斯所拉开。这种货币曾称为"双柱币"。(《金融时报》)

85
孔方兄

清周南卿《咏钱》云:"眼孔小于穷措大,面形团似富家翁。"旧时钱币圆形,中有小方孔,称"孔方兄"。

86
三昧与三味

"三昧",佛教用语,梵文 samadhi 的音译,意为使心神平静,杂念止息,是佛教修行方法之一。

"三味":读经味如稻粱,读史味如肴馔,读诸子百家味如醯醢(xī hǎi)。鲁迅"三味书屋"指此。(曹小云)

87

回纥和回鹘

"回纥"（袁纥、韦纥）是 Onvighat 的音译。On 意为"十"或"十姓"。vighat 意为靠动物母奶生活的人。全意为十个游牧氏族或部落："十姓回纥"。

"回鹘"是 Toghuy Vigour 的简称。Toghuy 意为"九"或"九姓"。Vigour 意为聚集或同盟者，后变音为 Vighar。ghar 读如"核"，"核"即"纥"。gour 读如"忽"，"忽"即"鹘"。全称为"九姓回鹘"。

"回纥"改名"回鹘"大致在唐朝宪宗元和四年（809 年），这时候政权从"十姓回纥"转移到"九姓回鹘"。部族共同体扩大了，后来发展成为"维吾尔族"。"回鹘"时期开始用粟特（Sogdian）字母书写本民族的语言，成为"回鹘文"。(宋肃瀛)

88

料理

"料理"一词传到日本，起初用中国原义，有时略跟烹调有关。例如日本平安时期，公元833年《令义解》"贮库器仗，随事料理"（修理）。840年《日本后记》"内膳司食长一人，料理长一人"；872年《贞观仪式》"内膳司，料理御膳"（办理，跟烹调略有关系）。到江户时期，1643年《料理物语》，1701年《料理献立集》，明确变成表示"烹调"的意义。"料理"在中国没有这样的意义变化。（朱京伟）

89

写真

"写真"一词从中国传到日本，原来意义跟中国相同，表示"手工画像"。1839年法国人发明照相术，1848年传到日本。日本起初说"写真图、写真画、写真照相"，后来说"写真"。1894年（明治二十七年）出版《写真月报》《写真新报》，"写真"说法在日本确立。

中国在1871年《瀛壖杂志》中有谈照相的专文。1890年《申报》广告有"照相片、照片"（后来又有"相片"）。中国说"照相"，日本说"写真"，用词不同。（同上）

90

拍马屁

据说，元代蒙古人的习惯，两人牵马相遇，要在对方马屁股上拍一下，表示尊敬。后来从褒义变为贬义。(陈建民)

91

杜马

"杜马"，俄语，原义"思索"。作为国家代议机构的"杜马"，开始于1906年的俄罗斯帝国，1917年"十月革命"后废除。苏联解体后，1993年俄罗斯把"最高苏维埃"改组为"联邦委员会"(议会上院)，同时成立人民直接选举的"国家杜马"(议会下院)，任期四年。(《参考消息》)

92

癌

南宋孝宗乾道七年（1171年），《卫济宝书》把"癌、病、疽、瘤、痈"称"疽五发"。1264年杨士瀛著《仁斋直指方论》,描述了"癌"的病征。在字书中,1915年出版的《中华大字典》初次收"癌"字。

"癌"来源于"岩",古代医书"癌岩"互用。50年代公布"汉字简化方案"时候,中国文字改革委员会讨论"癌"字,建议读作"ái",以区别于"岩"(yán)。1961年出版的《新华字典》记录这一建议。这是用"改变读音"来减少"同音字(词)"的尝试。1994年台湾审音也采用了这个改变的读音。(邓景滨)

93

777

美国波音公司的飞机为何以"7"字命名?

1954年7月,首架波音喷气式客机试飞成功,并通过技术鉴定。当时鉴定书的号码是"70700"。为了纪念这次试飞成功,而"7"是幸运数字,于是把第一架波音机定名为"707",以后陆续生产717、727、737……777,成为一个"7"的大家族。(《工友周末报》)

94

书香

何谓"书香"？原来，古人为防止蠹鱼蛀书，在书中放置"芸香草"，给书留下一股幽香。宁波天一阁书籍不蛀，就是芸香草的功劳。由此，读书人家称为"书香门第"，并引出许多跟"芸"字连接的语词，如"芸帙、芸编、芸签、芸窗、芸阁"等。(顾关元)

95

破天荒

孙光宪《弱梦琐言》：唐朝，荆州南部每年送举人赴京考进士，接连四五十年没有考中一个。人们讥笑，称荆南为"天荒"。可是，唐宣宗大中四年，有一个荆南举人叫刘蜕，考中了进士。人们称此事为"破天荒"。(《周末报》97 – 09 – 12)

96

黄包车

字典中有"黄包车"，但是都没有说明为什么叫做"黄包车"。

原来,"人力车"从日本传来,中国叫它"东洋车"。后来上海人改称"黄包车",因为防雨的车篷,平时折叠放在车后,用廉价的黄色油布包裹,所以称为"黄包车"。(周详)

97

"帐"和"账"

《语文建设》(1990.1)短文《"帐"和"账"》中说:《新华字典》和《现代汉语词典》中有"帐"而无"账","账"字作为异体字列在废除不用的括弧中。可是,《简化字总表》和《通用字表》中两字都有。这是汉字规范化的一个漏洞。

老一辈会计师们说:70年前银行和商店就以"帐"代"账"了。《新华字典》和《现代汉语词典》不收"账"字,不是没有根据的。

98

"漢"和"汉"

郑林曦《汉字简化错了吗?》中说:繁体"漢"字右偏旁(莫)是个什么字?反对简化为"汉"字的先生们相互询问,弄不清楚。

原来,从《说文解字》、《中华大字典》到新版《辞源》,都没有这个偏旁。直到现代,经过甲骨文和金文的研究,才知道是"人在火上之形"。经过《石门颂》、《礼器碑》等刻碑,王羲之、王献之、苏东坡等书法家,到明清刻本,一路简化,最后成为"氵"部"又"旁,是有历史根据的。反对简化的先生们不知道罢了。

99
凤凰

"凤凰"就是"孔雀"。经过"神化",成为神鸟。《说文》中有"凤"字,没有"凰"字,早期叫"凤",不叫"凤凰"。"凤凰"本来写作"凤皇",意思是"鸟中之王"。"皇"字受"凤"字影响,发生字形的"类化",写成"凰"。民间造出"雄凤雌凰"的说法。(郭小武《凤凰说》)

100
风筝

晚唐诗人高骈(821—887)《风筝》诗:"夜静弦声响碧空,

宫商信任往来风;依稀似曲才堪听,又被风吹别调中。"弦响碧空,其声似筝,故名"风筝"。

明陈沂《询刍录·风筝》:五代时,李业在汉宫中放纸鸢,"于鸢首,以竹为笛,使风入作声,如筝鸣,俗呼风筝"。

筝乃弦乐,笛乃管乐;风入笛响,其声若筝,于理不合;弦响碧空,故称风筝,较合情理。"风筝"得名,当自唐代。

101
旅店称谓

小报载,旅店称谓种种:

逆旅——古籍记载:许由辞帝尧之命而舍于逆旅。

驿传——传递文书的驿卒和宾客的住所。

驿馆——官员和驿卒的住所,凭"虎节"、"龙节"等投宿。

驿站——水陆驿道上的旅店,凭"银牌"投宿。

客舍——官办旅店。

客馆——官办旅店。

客店——小型旅店,赴京应试途中住宿。

邸店——客商住所,附设货栈。

会馆——同乡旅店,接待本乡旅客。

番馆——外国人的宾馆。

旅馆——旅店的一般说法。

旅店——旅馆中略小的一类。

饭店——广东人称旅馆为饭店,意义混乱,现颇流行。

鸡毛小店——贫苦人民的旅店,无被褥,以鸡毛取暖。

102

毛笔的"毛"

"毛笔"的"笔"字,简体字从"竹"、从"毛",非常形象。繁体字从"竹"、从"聿",今天无法理解。原来"笔"就叫"聿",秦国人加上"竹"头,说明笔杆是"竹"制的。

毛笔的"毛"用过各种动物的毛。例如:鹿毛、兔毛、羊毛、黄鼠狼毛(狼毫)、狸毛、鼠须、貂毛、鸭毛、猩猩毛等。还有"人毛":成人的胡须和婴儿的胎发。

103

说四

"四"这个数字很走运。好事排四,坏事也排四。好事有"四"个现代化。坏事有"四"人帮。"四"究竟包含些什么意义呢?据查,"四"有两种意义:一种是"有定数",另一种是"无定数"。有定数例如:"四肢"、"四季"、"四则"。无定数例如:"四海"、"四乡"、"四方"。一位快嘴朋友问:"四"人帮的"四"是有定数,还是无定数?

104

说七

一周为什么是七天?考古家说:古代两河流域苏美尔人尊奉七神:日月火水木金土。每天有一神值勤,七日一轮。公元1世纪,罗马人采用七曜历。4世纪传来中国。8世纪又再度经回鹘传入唐朝。中日两国把一周七日称为:日月火水木金土(曜日)。中国已经改为数序。日本至今未改。

近来考古发现,比苏美尔人更早一万多年,两河流域就有尊奉七的习惯。在人类还没有文字的时候，这个习惯就传到世界五大洲。所以除亚欧两洲以外，南非 Bushman 和中非 Pygmy 人，美洲印第安人，大洋洲和其他地方的土著，都有尊奉七的古老传统。

佛教相信，人死重又转生，以七天为一期，七天不成，再过七天，到第七个七天，一定转生。死者的家族，在七七四十九天之中，举行超度祭奠，这个期间称为"七七"。这是七曜历和转生说的结合。

中国古代分乐音为七级：宫、商、角、变徵、徵、羽、变宫。传统音韵学分语音为七类：唇、舌、齿、牙、喉、半舌、半齿。

柏拉图提出七艺。欧洲中世纪有七种科目：文法、修辞、逻辑、算术、几何、音乐、天文。

中国有七经。汉代：论语、孝经、诗、书、礼、易、春秋。北宋：尚书、毛诗、周礼、仪礼、礼记、公羊传、论语。清代：易、书、诗、春秋、周礼、仪礼、礼记。

此外有：七彩：红橙黄绿青蓝紫。七情：儒家，喜怒哀惧爱恶欲；佛教，喜怒忧惧爱憎欲；中医，喜怒忧思悲恐惊。七海：中世纪阿拉伯人认为从地中海到中国之间有七海。七奇：中国长城为七奇之一。七夕：阴历七月七。七发：枚乘作《七发》：音乐、饮食、车马、游观、田猎、观涛、圣道。七启：曹子建《七启》序曰，昔枚乘作七发，傅毅作七激，张衡作七辩，崔骃作七依，辞各美丽，余有慕之焉。七重天：天有七层，七级浮屠，代表七重天。七擒七纵：七代表多的意思。可是，"七步成章"这个七不是多的意思，而是少和快的意思。

105

治癌和致癌

广播里面说："气功可以 zhì 癌！"

究竟是"治癌"，还是"致癌"？

106

牝牡

"牝牡"是"雌雄"的古代说法。《现代汉语词典》作为现代的"词"收入，不妥。

"牝"(pìn)，雌性，用于兽类。例如：牝牛，牝马。间或用于鸟类，例如："牝鸡司晨"(指妇人擅权)。

"牡"(mǔ),雄性,用于兽类,例如:牡牛(读音跟"母牛"相混)。不说"牡鸡"。间或用于植物,例如:"牡麻"(大麻的雄株)。但是,"牡丹"(花)不是"雄丹","牡蛎"不是"雄蛎"。

107
礮、砲、炮

礮,起初用石弹,所以从"石"。简化声旁,写成砲。改用火药,又改成"炮",从"火"。"礮、砲、炮"的变化,说明汉字因技术进步而写法改变。部首和声旁都是不稳定的。

108
看书和读书

《现代汉语词典》里没有"看书"这一条。"看书"这个词儿只出现在"看"字后面,作为举例。《词典》说:看 kàn,使视线接触人或物,例如:看书。

《词典》有"读书"的词条,解释是:1.看着书本,出声地或不出声地读。2.指学习功课。"读"字的解释是:1.看着文字发出声音,例如:朗读,读报。2.阅读;看(文章),例如:读者,默读。

问题:1.看书时候,心中(头脑里)是否作无声的说话?心理学家说:是的。"看书"和"不出声地读书"相同。2.读书"出声",为什么?有两种目的:第一是读给自己听。自己听自己读书,可以得到更加深刻的印象。第二是读给别人听。在课堂上读给学生听,在广播中读给听众听。

109

"伞"

一般说,"隶变之后无象形",楷书完全失去了象形功能。"伞"——这个字可能是惟一的例外,它很像"撑开的伞"。但是有人说:"个"字更像一把伞。

110

荼和茶

"荼"有三个义项:1.一种苦菜;2.一种有白色花穗的茅

草；3. "荼"的古语。《说文》："荼，苦荼也。""茶"（chá）和"荼"（tú）古代同音。"如火如荼"原意：像火那样的红，像茅草那样的白。不要把"如火如荼"错读成或写成"如火如茶"。

111
五伦与五常

传统道德有"五伦"与"五常"：

"五伦"：父子有亲，君臣有义，夫妇有别，长幼有序，朋友有信。"五伦"到汉代，变为"三纲六纪"。"三纲"：君为臣纲，父为子纲，夫为妻纲。"六纪"：诸父有善，诸舅有义，族人有序，昆弟有亲，师长有尊，朋友有旧。

"五常"：仁、义、礼、智、信。孟子"孝、悌、忠、信"；管子"礼、义、廉、耻"（四维）；合称"八德"。

传统道德作为一个整体已经过时，但是其中包含的美德需要弘扬。（张岱年）

112

喜寿、米寿、白寿

"喜寿"(七十七岁),"喜"字草书像"七十七"。

"米寿"(八十八岁),"米"字拆开为"八十八"。

"白寿"(九十九岁),"白"字是"百"字缺"一"。

113

近音的干扰

"纳粹"(Nazi)和"小猪"(Nasser,瑞典语)近音,因此"纳粹"运动始终难于在瑞典开展。"元帅"(Marshal)和"马歇尔"(Marshall,人名)同音,因此美国在战后有"五星上将"而没有"元帅"。

114

古书字量

《书经》用 1938 字。《易经》用 1595 字。《诗经》用 2939

字。《礼记》用 2367 字。《论语》用 1512 字。《老子》用 1072 字。《孟子》用 1595 字。文不在长，字不在多。(刘泽先)

115
历代字书收字数

殷	甲骨文	约 3000 字
秦	《仓颉篇》(李斯)	3300 字
汉	《训纂篇》(扬雄，公元 1—5 年)	5340 字
汉	《续训纂篇》(班固，60—70 年)	6120 字
汉	《说文解字》(许慎，100 年)	9353 字
魏	《声类》(李登，227—239 年)	11520 字
晋	《字林》(吕忱)	12824 字
后魏	《字统》(杨承庆)	13734 字
后魏	《广雅》(张揖，480 年)	18150 字
梁	《玉篇》(顾野王，543 年)	22726 字
唐	《唐韵》(孙愐，751 年)	26194 字
唐	《韵海镜源》(颜真卿，753 年)	26911 字
宋	《集韵》(丁度，1037—1067 年)	约 30000 字

宋	《类篇》(王洙等，1066年)	31319字
明	《字汇》(梅膺祚，1615年)	33179字
明	《正字通》(张自烈，1675年)	33440字
清	《康熙字典》(张玉书等，1716年)	42174字
民国	《中华大字典》(中华书局，1915年)	44908字
日本	《大汉和辞典》(诸桥辙次)	48902字
中国台湾	《中文大辞典》(张其昀等，1969年)	49888字
中国台湾	《中文资讯交换码第3册》(国字整理小组，1986年)	53940字
中国大陆	《汉语大字典》(徐中舒等，1990年)	54678字

116
字无定数

新出版的辞书，大都"字无定数"。不求确数，马虎成习。

《新华字典》1971年版说，"收单字，包括异体字在内，共计八千五百左右"；收"复音词、词组三千二百左右"。1979年版说，"收单字，包括异体、繁体在内，共计一万一千一百左右"；

收"复音词、词组三千五百左右"。"左右",无定数。

《新华词典》1979年版说,"收单字约一万二千个,收词约二万六千条"。"约",无定数。

《现代汉语词典》1979年版说,"收条目,包括字、词、词组、熟语、成语等,共约五万六千余条"。"共约",无定数。

《古汉语常用字字典》1979年版说,"共收古汉语常用字三千七百多个","收难字两千六百多个"。"多个",无定数。

但是,新《辞海》1979年版不同,它说,"收单字一万四千八百七十二个","收词目九万一千七百零六条"。虽然没有列出重文数目,而"字有定数",一大进步!

其实,古人是不马虎的。东汉许慎《说文解字》叙曰,"此十四篇,五百四十部,九千三百五十三文,重一千一百六十三,解说凡十三万三千四百四十一字"。不但算清收字数目,而且算清解说用字数目。这个优良传统,值得宏扬!

117
二十五史用字统计

二十五史使用汉字统计:共计三千一百四十万九千四百五十

字次;共用一万三千九百六十六个字种(不同的汉字)。其中频度较高的字有如下二十四字:之不以为一子其二人三十年有大而日于太军中事月书州。(谢清俊《二十五史的文字统计与分析》)

118
报刊实际用字量

日本"国立国语研究所"统计,中国九十种现代杂志和报纸的用字量,在抽样累计二十八万零九十四字次中,出现"字种"(单字)三千三百二十八个汉字。其中出现一百零一次以上的六百五十三字;三十一次到一百次的六百三十五字;九次到三十一次的七百零七字;八次以下的一千五百一十次。后来追加出现频度更少的一百七十七字。两者合计:三千五百零五个"字种"。

119
古书中多简体字

人们说,只识简体字,看不懂古书。殊不知:不识简体字,也看不懂古书。

偶尔翻看《敦煌曲子词集》，发现其中到处是简体字，不过有的简得跟今天不完全一样。例如，影印页第一面一开头第一个字，"鱼美人"的"鱼"字就是一个简体字；第二面一开头第一个字，"云谣集"的"云"字又是一个简体字。例子太多，不胜枚举。看古代的简牍，看古代的碑帖，看民国初年的印刷书本，也是如此。不识简体字，就看不懂古书。今天的简体字，极大多数来自古书。

120
从单音到双音

甲骨文里主要是单音节词。西周，双音节词渐多。周初《大丰簋》："大丰、四方、天室、丕显"。周中期《大克鼎》："宁静、淑哲、恭保、天子"。《书经·大诰》："无疆、天命、小子、前人"。《诗经·大雅》："旧邦、有周、左右、陟降"。

春秋，双音节词韵文中较多，散文中很少。韵文《黄帝内经·素问》："天真、真言、阴阳、离合、生成、气象、精微、血气"等。韵文《诗经·关雎》："雎鸠、窈窕、淑女、君子、寤寐、辗转、反侧、参差"等。散文《论语》里双音节词很少，《学而》一篇只有"远方、君子"。战国，楚语韵文《楚辞·离骚》中双音节词很多:"苗裔、皇考、初度、嘉名、内美、年岁"等。但是,一般散文《战国策》、《左传》等很少双音节词。

唐初,韵文《滕王阁序》双音节词很多:"古都、新府、物华、天宝、人杰、地灵、雅望、懿范、休假、逢迎、高朋、满座、家君、童子"等。韩、柳提倡"古文",实际是提倡书面散文,双音节词比较少。

另一条"口语化"路线:唐、宋"小说"、"语录",双音节词增多。例如:宋刊《大唐三藏取经诗话》:"行程、行者、谨慎、万福、秀才、和尚、生前、取经"等。元代《水浒传》:"起来、原来、只是、翻身、回来、平生、气力、下来"等。明代《薛仁贵跨海征东白袍记》:"开场、正是、传奇、今日、昔日、古今、和谐、原因"等。清代《红楼梦》双音节词占百分之九十;雍正、乾隆间刊印《儿女英雄传平话》,双音节词超过了《红楼梦》。

"五四"改用白话文,双音节词为主。(高景成《科技术语》)

121

小学生的词汇量

中国语言学界90年代对中美学生进行比较研究:中国小学

六年级生掌握的词汇量大约为两千左右,连看报也很勉强。同年级外国小学生掌握的词汇量是七千左右,读书看报的能力强得多。

有人说,"语文困难使中国学生的大脑获得锻炼",这是护短的说法。这同说"中国兵器有锻炼身体的优点"一样是以偏盖全的谬论。如果大刀长矛很好,既可以用来打仗,又可以锻炼身体,为什么要改用现代武器呢?(美国《语文专刊》)

122
汉字太奇妙

一位美国来客说:"中国大胜美国"表示中国得胜,"中国大败美国"也表示中国得胜。"胜"也好,"败"也好,总是中国得胜。汉字太奇妙!

123
两个简化字表

1935 年南京发表的《第一批简体字表》和 1956 年公布的《汉

字简化方案》相比:

完全相同二百零四字。基本相同八十四字。不同二十五字。前表简而后案未简十一字。完全相同和基本相同相加有二百八十八字,占前表总数的88%。(苏培成)

124

为什么要简化?

1935年南京发表《第一批简体字表》,同时发表教育部的说明。其中说:"我国文字向苦繁难,数千年来,由图形文字递改篆隶草书,以迄今之正体字,率皆由繁复而简单,由诘屈而径直,由奇诡而平易,演变之迹历历可稽。所谓正体字者,虽较简于原来之古文篆隶,而认识书写仍甚艰难。今年以来,政府与社会,渴望普及义务教育及民众教育,而效果仍未大著,其中原因固多,而字体繁复,亦为重大原因之一。于是谈教育普及者,多主择最通行之简体字应用于教育,以资补救而利进行。字体改简,于文化前途,实大有裨益,其他专家亦谓全国教育须从速普及,采用简体字以谋普及之促进,实属刻不容缓。"
(同上)

125
述而不作

1935年南京发表的《第一批简体字表》采取"述而不作"为原则。《选编经过》中说:"汉字改简,本非对于汉字为根本之改革,故若在草书、行书、别体、减笔字等中,搜采固有之体而选用之,则势顺而易于推行;若自我作古,别创新体,则因无历史之习惯,易召阻力,目的反不易达到。其实固有之简体字,亦已不少,再加以偏旁配合,则普通应用之字,当不虞其缺乏,本亦无须自创新体。"(同上)

126
动物的语言

动物的鸣声就是动物的语言。蟋蟀的鸣声,感情多变:雌雄相处,鸣声轻幽;孤身独居,鸣声哀怨;相互格斗,鸣声激昂。海豹咆哮,警告敌人。松鼠啁啾,表示警戒。犬吠、马嘶、虎啸、狼嚎、狮吼、猿啼,都是语言。青蛙有鸣囊,鸣声洪亮。知了用腹部唱歌,歌声悠扬,远传十里。蜜蜂、蚊子,用翅膀传情,有高音和低音的变化。动物有语言,特点是单音单词句。(台湾《自然》月刊:"奇妙的动物语言")

127
行为语言

动物跟人一样,能用行为来传达信息。马用动作指点身上发痒的处所,请另一匹马给它搔痒。长颈鹿用快跑传递警报。白尾鹿翘起白尾,表示有敌人。叉羚羊竖起臀部白毛,表示危险。狼群中的大公狼,尾巴上翘,尾尖稍卷,表示大家要服从它的指挥。野猪平时把尾巴转来转去,表示太平无事,一旦遇到危险,就扬起尾巴,在尾尖上打一个小圈,给同伴们报警。蓝目天蛾平时前翅盖住后翅,一旦遭到袭击,突然张开前翅,露出后翅的蓝目斑纹,表示战斗,驱赶敌人。蜜蜂除有嗡嗡语言外,还有舞蹈语言,圆舞表示近处有蜜,镰形舞表示较远处有蜜,"8"字形舞表示更远处有蜜。(同上)

128

气味语言

动物还有"气味语言",这是人类所缺乏的。人类用香水来抒情,作用不大。蜂王分泌一种唾液,命令工蜂做工;又分泌另一种物质,阻止工蜂发育成为蜂王。白蚁和蚂蚁同样有这些本事。船轲鱼皮肤里有一种警戒激素,捉了起来再放进水里,其他的鱼得到激素的信息,就一概隐蔽起来。老鼠根据气味的不同,分辨同伴和敌人。雄鹿身上有几个芳香腺,两个在内眼角,一个在腹部,两个在后足跟,每个蹄子上还有一个,把芳香腺擦在树上,雌鹿闻到气味就会跑来相会。利用气味,能引诱异性,追踪目标,发出警报,招呼同伴,进行指挥:集合、分散、迁移、冬眠。

(同上)

129

香港的禁忌语

香港人送礼不用"剑兰"(见难)、"茉莉"(没利)、"梅花"(倒霉)。不称妻子为"爱人"(情妇);不称中老年妇女为"伯母"(百无)。忌说"炒"(炒鱿鱼:解雇),忌说"书"(输掉),忌说"新年快乐"(快落)。喜欢数字"八"(发),喜欢"金鱼"(黄金有余)。这些禁忌正在消失。文化提高,禁忌减少。(《中国旅游报》)

130
希伯来语的复活

公元前12世纪,犹太人的希伯来语就有字母文字,当时的旧约《圣经》是用希伯来文写的。公元3世纪,犹太人改说中东通用的阿拉马语;7世纪以后,又改说阿拉伯帝国的阿拉伯语;公元1700年前后,希伯来语消亡,跟拉丁语、梵语、古汉语(文言)一样,文字存在而语言死亡。

"二战"后,犹太人建立以色列国,反对说阿拉伯语,复活希伯来语,作为民族象征。现在希伯来语已经成为400万以色列犹太人的日常用语。这是在民族复兴的狂热中,通过积极的教育而推行开来的"再生语言"。以色列的犹太人同时用英语作为科技和贸易语言。(张箭《希伯来语》)

131

纳西文字

中国的少数民族之一"纳西族",人口二十四万(1982年),大半居住在云南丽江纳西族自治县。"纳"本意为"黑","西"是"族"的意思。晚唐时期,创制"东巴文",书写"东巴教"经典,是一种"表形兼表意"的文字,有图形符号一千三百多个。后来又创制一种音节文字,称为"哥巴文"。"哥巴"是"徒弟"的意思,说明它是从师傅"东巴文"演变出来的。"东巴文"近似幼儿园的"看图识字",只书写语言的大致意义,不能按照语词次序无遗漏地记录语言,还在当地宗教中使用。这是一种古文字的活化石,对人类文字发展史的研究有重大价值。

132

新词制造厂

美国是一座"新词制造厂"。科技新词层出不穷,大都来自美国。例如:"纪实娱乐片"(docutainment),"电视剧"(teledrama),"隧道"(chunnel),"不忍释手"(unputdownable),"宽体客机"(wide-bodied)等等。美国方言学会每年评选一个"年度新词"。1993年当选"信息高速公路"(information superhighway);1994年当选"cyber"("前缀"),它能组成"电脑空间"(cyberspace),"电脑控制技术"(cybernetics),"电子人"(cyborg),"电脑食物"(cyberfood),"电脑学校"(cyberschool)等等。"新词制造厂"就是新文化和新技术的发源地。(《基督教箴言报》)

133
慈禧错字多

慈禧手谕错别字连篇。例如：中国第一历史档案馆藏"罢免恭亲王手谕"中有如下的错字："嗣此"(似此),"是出"(事出),"暧昧知事"(暧昧之事),"狂敖"(狂傲),"以仗"(倚仗),"挟致"(挟制),"谙始"(暗使),"即早"(及早),"行正"(行政)等等。可见错别字不妨碍掌握大权。(《北京晚报》)

134
整理异形词

同一个"词"有几种写法,叫作"异形词"。"异形词"是意义相同,写法不同,读音有的相同,有的略异。例如:"令爱—令嫒"、"暗淡—黯淡"、"倒霉—倒楣"、"担搁—耽搁"、"聪明—聪敏"等等。"异形词"的大量存在是"汉文"难学难用的原因之一。

135
难懂的简称

长话(长途电话)。市话(市内电话)。行包(行李包裹)。土改(土地改革、土地改良、土壤改造)。联大(西南联合大学、联合国大会)。文革(文化大革命、文字改革)。人大(全国人民代表大会、中国人民大学)。建委(建设委员会、建筑委员会)。滥用简称,是信息污染。

136

词和词缀

词是在语句中能独立活动的基本单位。但是,"虚词"不能独立活动。

复合词。1.联合式:"意义"(同义),"东西"(对称),"笔墨"(平行)。2.配合式:a.偏正:"马路"(名名),"黑板"(形名);b.后补:"马匹"(名量),"地球"(名名)。3.串合式:"年轻"(主谓),"关心"(述宾)。4.叠合式:"妈妈"。5.综合式:"图书馆"(名名;名),"旧社会"(形;名名)。

词缀:附着在词根上,没有实义。前缀:"老虎"(老)。后缀:"忽然"(然)。中缀:"胡里胡涂"(里)。

类词缀。类前缀:"超声波"(超),"类人猿"(类);类后缀:"文学家"(家),"追星族"(族)。(陈光磊《汉语词法论》)

137

变文

"变文"是一种古代宣传佛教的"唱讲"文学,唱的是韵文,讲的是散文,一段唱、一段讲,韵文和散文相间,群众喜爱,容易传播。"韵散结合"来源于印度。变文有三种:1.佛经的通俗化,例如《维摩诘经变文》。2.根据佛义编写的故事:例如《降魔变文》,情节比后来的《西游记》还精彩。3.与佛教无关的故事或传闻,例如《伍子胥变文》、《王昭君变文》。变文流行于唐代西北寺庙,至五代逐渐消亡。(朱怀兴)

138

戏剧和戏曲

《现代汉语词典》:

"戏剧",通过表演故事来反映社会生活的艺术,以表演艺术为中心的艺术综合,分为话剧、戏曲、歌剧、舞剧等。

"戏曲",我国传统的戏剧形式,包括昆曲、京剧和各种地方戏,以歌唱、舞蹈为主要表演形式。

139

戏曲和普通话

提倡普通话的方法之一是使普通话进入戏曲。京剧语言是一种不三不四的文言。说普通话的戏曲主要是评剧。评剧起源于冀东滦县,传到唐山以后形成一个剧种,语言有明显的冀东口音;进入北京以后改用普通话,人们把它看作是北京老百姓的戏曲。它的特点是唱词口语化,字字能听懂,跟京剧"文不文、白不白"大不相同。

140

五经文字

魏晋南北朝战乱频仍,字体纷乱,无暇整理。隋唐统一中原,开始重视文字规范。唐大历十年(775 年),张参奉诏勘校经本,选定正字,编成《五经文字》。此书着重本原,兼收新体,稳健而不保守,承前而又继今,所以影响大而且久,胜过以前的《颜氏字样》、《群书新定字样》、《干禄字书》、《经典分毫正字》等书。(范可育)

141

语言无纯洁

一位教授说:除原始语言之外,没有纯洁的语言。老太婆天天念"阿弥陀佛",这是印度话,汉语纯洁吗?"自由"、"平等"这些词,来源于佛经翻译。汉语早已不纯洁了。语言越发达,越不纯洁。英语最发达,最不纯洁。

142
茶叶的名称

陆羽《茶经》中无茶名。李肇《国史补》列举"方山之露芽"、"西山之白露"等十四种茶名。后来,茶名渐多。有以产地命名:"顾渚紫笋"(顾渚山)、"西湖龙井"(龙井泉)。有以颜色命名:"祁红"(祁门红茶)、"敬亭绿雪"(芽叶色绿、白毫似雪)。有以形状命名:"碧螺春"(色如凝碧、卷曲如螺)、"蟹目香珠"(晶莹黝黑如蟹目)。有以传说命名:"铁观音"(梦见观音赐茶、色似铁)。有以香气命名:"舒城兰花"(有兰花香)。有以人物命名:"老竹大方茶"(老竹岭、大方僧人)。有以滋味命名:"石亭豆绿"(绿豆风味)。(《华商时报》)

143

佛和魔

"佛",初作"浮屠",都是梵文 Buddha 的译音。先有"浮屠",来自大夏文,双音节。后有"佛",来自伊朗文,单音节。

"魔"梵文 mara 的译音。初译"磨罗",南朝梁武帝改"石"为"鬼",创"魔"字。(梁晓红)

144

年龄的古称

出生三天:"汤饼"之期(邀亲友,吃汤饼)。

周岁:"初度"。《离骚》"皇览揆余初度兮,肇锡余以嘉名"。后称生日为"初度"。

幼年:"生小"。《孔雀东南飞》"昔作女儿时,生小出野里"。

童年:"龆龀"(换牙),又称"垂髫、总角(扎髻)"。《桃花源记》"黄发垂髫,并怡然自乐"。

九岁,"教数"之年。

十岁,"外傅"之年(出外就学)。

十三,"舞勺"之年(勺,籥也,形似笛)。

二十岁,"若冠"(若,弱小)。

三十岁,"而立"之年。

四十岁,"不惑"之年。

五十岁,"知天命"之年。《论语》"吾三十而立,四十而不惑,五十而知天命"。

六十岁:"花甲"之年(一个甲子六十年)。

七十岁:"古稀"之年。杜甫《曲江》:"酒债寻常到处有,人生七十古来稀"。

八九十岁:"耄耋"之年。

百年:"期颐"(百年为期;颐,颐养)。(沈及)

145

子母和字母

《康熙字典·序》:"古文篆隶,随世递变,至许氏始有说文,然重义而略于音。故世谓汉儒识文字而不识子母。"

"子母"就是"字母"。《康熙字典》成书于公元1716年,这时候就提倡"字母",甚至讥讽"识文字而不识子母",可说是有远见。

"注音字母"到1918年才出世,晚了二百年。(聚良)

146

河北方言

汉语方言复杂,仅仅河北一省,不包括北京市,同一个词就有许多说法。例如:

日食:日头食,天狗吃日头,狗吃太阳,狗吃老爷儿,食老爷儿,食日头,食爷窝,黑天爷食了,黑天煞神吃日头,黑拉神吃太阳,黑沙神吃日头,黑老叭神吃爷爷等,共二十五种说法。

月食:食月亮,吃月亮,天狗吃月亮,食老母儿,食老母帝儿,食老母亮儿,阴月亮吃阳月亮,黑煞神吃了老奶奶了,黑老鸦神吃月亮,哈沙神吃老母,黑老叭神吃月亮,后天爷吃了等灯,共二十种说法。(《河北方言词汇编》)

147

新闻"5 W"

新闻必须有五个"W"。什么事(what)、什么人(who)、什么地(where)、什么时(when)、什么原因(why)。中国报纸上的新闻常常缺少一个或几个"W",使读者如堕五里雾中。缺少"5W"的新闻,好比缺少"五官"的面孔。(*老外记者*)

148

甲骨文中的"师"

甲骨文中的"师(師)"字,只有左边一半。金文中有的是左边一半,有的是右边一半,也有两半写全的。《说文》:"师,两千五百人为师,众意也。"

意义逐渐变化:1.师旅之师,军事编制单位。2.泛指军队。3.众也。4.驻军之处。5.官职名。6.工匠职名。当时还没有产生"老师"的意义。(《甲骨金文字典》)

149

结婚的不同说法

"结发"。苏轼:"结发为夫妇,恩爱两不疑。""结发夫妻",原配。

"丝萝"。《古诗十九首》:"与君结新婚,菟丝附女萝。""丝"和"萝",两种蔓生植物。

"朱陈"。白居易《朱陈村》:"徐州古丰县,有村曰朱陈。一村惟两姓,世世为婚姻。"

"秦晋"。秦国与晋国多次通婚,结"秦晋之好"。

"于飞"。《诗·大雅》:"凤凰于飞,翙翙其羽。""于飞之乐"。

还有:"琴瑟","比翼鸟","连理枝","并蒂莲","鸳鸯鸟","比目鱼"等。(《生活与健康》)

150
物名代词

"物名代词",用事物的名称,代替同音的语词,是民间常用的表达方法,主要用于结婚仪式、戏剧台词、图画题词等场合。

例如:害怕"分离",一个"梨"不可"分"开两个人吃。"瓶子"和"几案"表示"平安"。婚礼时候,经常用"粽子"和"香袋"表示"传宗接代";用"枣子、花生、桂圆、莲子"表示"早生贵子";婆婆穿"紫色"衣服表示"子(紫)孙万代"。结婚的目的从前是明确的,"传宗接代"、"早生贵子";现在不明确了,既要

结婚、又怕生孩子。(常德)

151
两部汉语大型辞书

现在,汉语有两部大型辞书:

第一部是《汉语大辞典》,共十二册(另索引一册,有拼音索引),1994年出齐。收词三十七万多条,"古今兼收、源流并重"。由华东"四省一市"(江浙皖闽沪)合作,编写初稿的四百人,后来有更多人参加,经历十八年,工作完成。主编:罗竹风。这是收录语词最多的汉语辞典。

第二部是《汉语大字典》,共八册(附索引,无拼音索引),1990年出齐。收汉字五万四千六百七十八个,每字列举古今字形,附《异体字表》(分一万一千九百组,每组有异体字二字到二十九字)。由华西两省(川鄂)合作,三百多人经历十年而完成。主编:徐中舒。这是收录汉字最多的字典。

说来奇怪:这两部大辞书都开始于"文化大革命"大动乱时期。当时知识分子备受压迫,动辄得咎,无事可做,不敢写文章,不敢写专著,惟有编写辞书的危险性较小,于是辞书计划,纷纷出笼，一时多如繁花遍野。1975年，广州全国辞书规划会议规定，集中力量，编好若干种必要的辞书，其中主要的就是这两部。这的确是中国辞书历史中的两座里程碑。

152

讽言词典

《法语讽言词典》*Dictionnaire Francais-Rosse*，有忍俊不禁的释义：

"吻"：男人使唠叨女人住嘴的惟一方法。

"爱"：未必带来幸福的感情。

"勇气"：鲁莽而获得成功的称谓。

"小说家"：用动人的谎言来装饰现实的作者。

"动物园"：大人领孩子给动物看的公园。（黄建华）

153

多调字

"叉"，①chā叉腰，②chá叉住，③chǎ叉开，④chà劈叉。一

字四调。

"指",①zhī 指甲,②zhí 指头,③zhǐ 指导。一字三调。

"法"字原来有四调:①fā 没法儿,②fá 法子,③fǎ 方法,④fà 法国。"审音会"改成一律读"上声",但是字典改了,口头难改。

154

异形词

"同词异形",称为"异形词"。朱炳昌《异形词汇编》收"异形词"六百零三组,一千三百一十六个语词。例如:puchi"扑哧、噗嗤、噗哧";dida"滴答、滴嗒、嘀嗒、的答,的搭"等等。可否规范一下?

155

佛教外来词

汉语中有许多佛教"外来词"。例如:

"世界"出自《楞严经》,"世"指时间,"界"指空间。

"真空"出自《行宗记》,指超出色相的境界。

"实际"出自《智度论》,指"真如"(宇宙本体)。

"究竟"出自《五灯会元》,指解脱生死成正觉。

"本来面目"出自《坛经》,指人的本性。

"种子"出自《摄论》,指现象的原因。

"同居",指凡圣杂居的国土。

"平等",指宇宙同体。

"西方",指日落处。

还有:刹那、唯心、享受、希望、援助、机会、储蓄、消化、赞助、谴责、评论、控告、厌恶、傲慢、转变、绝对、现行、清规戒律、不可思议等等,使用已久,词义变化,人们忘记了它们来自佛教。

156

物理学和化学

Physics 清末译"格致学"(格物致知)。1900年王季烈重编日本饭盛挺造《物理学》,译名定为"物理学"。这是日本人"旧瓶装新酒"。我国《淮南子》中有"物理"一词;晋代(265—420)杨泉著《物理论》;明末方以智著《物理小识》。可是原意跟今天不同。

Chemistry,日本起初按声音翻译为"舍密"(1847),后来

(1858）改按意义翻译为"化学"，这是受了中国影响。"化学"一词，中文最早见于译本《格物探原》（英人 Williamson 著，1855）；徐寿（1818—1884）著《化学鉴原》等书。据说，"日本闻之，派柳原前光等来访，购取译本，归国仿行"。

157
社会学和逻辑学

Sociology，清末严复翻译为"群学"，译得很好。可是在日文翻译浪潮之下，后来通行"社会学"。这两个译名都是按意义翻译。

Logic，严复按意义翻译为"名学"，日本按意义翻译为"论理学"。后来，中国改按声音翻译为"逻辑学"；这个译名译得不好，如果望文生义，可能误认为"巡逻之学"（"逻"字可否改"罗"）。可是，名词是符号，用惯了也就无所谓好坏了。译名一般是先有"音译"，后有"意译"；"逻辑"先有"意译"而后有"音译"，是例外。

158

激光和雷达

LASER (Light Amplification by Stimulated Emission of Radiation),原来是一个"字母缩写词"。中国大陆按声音翻译为"莱塞"(为什么用"草字头",是一种草本植物吗),台湾按声音翻译为"雷射"(兼有"意译"作用)。经过十来年之后,大陆改按意义翻译为"激光",译得很好,可是跟台湾不一致。

RADAR (Radio Detecting And Ranging),也是一个"字母缩写词"。按声音翻译为"雷达"(也有"意译"作用)。有人想改为意译,没有成功。大致"音译"名词,兼有意译作用,又是"双音节"的,比较容易稳定下来。这是语言习惯问题,也是语言格局问题。

日本在大约九十年前,放弃意译,改用"片假名"音译。高本汉说,这是日本科技发达的条件之一。意译可以望文生义,音译不能,可是意译难于定局。严复曾慨叹说:"一名之立,旬月踟蹰。"术语猛增,等待失时。日本改用音译,可以快速稳定,并使术语跟国际大体一致。

159

汉字的层次

汉字的结构分层次。例如:由"甫"字构成的字,

第一代"甫"(fǔ);

第二代"辅"(fǔ)、"捕"(bǔ)、"匍"(pú)、"浦"(pǔ);

第三代"傅"(fù)、"溥"(pǔ)、"博"(bó)、"葡"(pú)、"蒲"(pú);

第四代"簿"(bù)、"薄"(bó);

第五代"礴"(bó)。

160

生僻字

有人估计:一万个通用汉字中,有(1)科技生僻字一千个,(2)动植物名生僻字一千个,(3)地名生僻字七百个,(4)姓名生僻字五百个,(5)文言古语生僻字一千五百个,(6)拟声语气生僻字二百个,(7)方言口语生僻字六百个,(8)异体字两千个。

161

一百三十八个多笔字

15×16点阵组成"竖七行×横八行"的栅格,不能容纳《基本集》六千七百六十三字中的如下一百三十八个多笔字:

颤 蠹 叠 覆 膏 羹 壕 嚷 嚎 豪 僵 疆 量 凛 囊
謦 警 譬 氙 氰 巅 巍 虞 赝 劐 劓 禀 鄢 夔 馨 罄
蘸 蔓 摹 薯 蕞 薑 薰 遽 邃 擅 攫 搞 攥 攮 圊
圙 襄 饕 馕 廪 膺 懿 憷 隳 澶 潇 濠 沦 灞 寡 骞
鼙 嫱 驽 缊 檀 橐 檩 髡 曩 毹 膻 毂 爨 礓 瞽 髑
鹰 鹦 鸸 鹜 癯 聱 蠡 蠹 蠛 篡 箐 篝 簟 綦 纛
醭 醐 醐 醌 醢 醪 醯 醴 醺 霸 霭 霰 鼋 瞿 鳌
鳖 魔 魅 魃 魇 魉 魈 魍 魑 鬃 氅 髯 髫 鬈 髭 髹
鬟 鬏 鬓 鬟 鼢 麝 麟 鼻 舭 舯 鱻

162

正体和草体

正体和草体的分化,明显于秦代。正体用于庄严场合,例如公文、碑铭、书版等；草体用于随便场合，例如通信、笔记、账册等。草体是从正体分化出来的，跟正体分工并用。

秦代（公元前221年前后），以小篆为正体，以"苟趋省易"的隶书为草体。

汉代（前206年以后）隶书代替篆书成为正体。西汉武帝时代（前149年以后）产生"解散隶体"的草书（草隶），配合正体的隶书作为草体。

东汉章帝时代（公元76年以后）隶书演变成为楷书（今隶）。汉末桓灵时代（公元2世纪后半）产生"务以简易"的行书，配合正体的楷书作为草体。

正体和草体是因使用发展而变化的，不是一成不变的。

163

章草

"章草"，早期的草书，是从隶书演变出来的一种草写字体。它跟"今草"的分别是保留着隶书的形迹，易写而难认。传说，因章帝爱好而得名。

164
正体和俗体

唐颜元孙《干禄字书》(学了准备做官的字书)把异体字分为"俗、通、正"三体。俗体中收录了不少简体,但是俗体不一定是简体。他说:"所谓俗者,例皆浅近,惟籍账、文案、卷契、药方,非涉雅言,用亦无爽。"

1956年公布《汉字简化方案》,以简体为正体,废除繁体,不用俗体的说法。台湾维持繁体作为正体。正草并用是方便的,正俗并用不方便。北齐颜之推《家书》:"从正则惧人不识,随俗则意嫌其非。"

165
宋体和明体

宋代刻版印书通行的结构方正匀称的印刷字体,后世称"宋体"。

元代一度流行圆润的赵松雪体,称"元体"。

明末,从宋体演变出一种字体,横细直粗,字形方正,便于雕刻，阅读醒目，16世纪以来成为主要的印刷体，中国称"宋体"（"老宋体"），日本称"明体"。"明体"的说法是正确的。

中国后来又有一种"仿宋体"，仿照宋版刻书的字体。

"宋体"、"老宋体"、"仿宋体"，名称混乱。

166
僾

1989年《现代汉语词典》补编中出现了上面这个字。注："ài 僾〈书〉①仿佛：～然。②气不顺畅。"词条：[僾尼]"ài ní，部分哈尼族的自称"。

哈尼族自称 ài ní，汉人给他们写成古怪字，增加了汉人和哈尼族共同的识字用字麻烦。何苦来呢？有人对这个有"人"旁的"爱"字有好感。据说，可以用来分别"爱人"的男女性别。"男爱人"写"人"旁，"女爱人"写"女"旁。请看：僾人（男）。嫒人（女）。

167

从单音节到双音节

古汉语的"词"大都单音节。现代汉语的"词"大都双音节。从单变双,词义明白,听来能懂,是语言的进步。例如:

子曰:"学而时习之,不亦说(悦)乎?有朋自远方来,不亦乐乎?人不知而不愠,不亦君子乎?"——三十字。

译文:"孔子说:学了(礼、乐、诗、书)又经常复习它,不也是令人高兴的吗?有志同道合的人从远方来,不也是令人快乐的吗?人家不了解我,我也不怨恨,不也是君子吗?"——六十一字。

译文比原文长了一倍,不是浪费,而是进步。

168

白字和别字

"白字"和"别字"有什么不同?有。白字是"本无其字";别字是"本有其字"。

把字写错,错成字典里没有的样子,人家不认识,也不承认可以这样写,这是"白字"。可是,如果一人这样写,百人这样写,错写成风,积非成是,就是"俗字"。

把字写错,错成原来就有的另一个字,这叫"别字"。多数别字,人家认识,可是不同意这样用。少数读音相同的字,人家同意了这样用,而且有越来越多的人这样用,就成为"同音代替"。

169
日文中的汉字比重

(年代)	(汉字比重)	(调查资料)	(调查总字数)
公元8世纪	100.0%	《古事记》	
1878	58.7%	《邮便报知新闻》 明治十一年一月十日 (国立国语研究所报告,1959)	10379
1953	50.9%	《每日新闻》3—5月 (来源同上)	633732
1955	46.6%	《朝日新闻》、《每日新闻》、《读卖新闻》1955年1—12月 (见《图说日本语》)	

1966	38.7%	《朝日新闻》、《每日新闻》、《读卖新闻》1966年全年（见同上）	21455
1976	36.3%	研究论文抄录八百三十件（国文学研究资料馆报告 No.1，1978）	539500

根据以上统计，日文中的汉字比重已经逐步缩小到1/3。(刘泽先《大趋势：汉字文化圈在萎缩》，1992)

170

"一二三"略语

利用"一二三"等数字，构成略语，高度概括，便利记忆，是汉语的一个特点。例如：

"一主，二从，三结合"。50年代发展高等教育的口号。一主，以教学为主；二从，开展科学研究；三结合，教学、劳动、科研的三结合。

"一慢，二看，三通过"。对司机开车的要求。

"一年土，二年洋，三年不认爹和娘"。批评农民大学生。

"一斗,二批,三改"。"文化大革命"的口号。

"一路,二桥,促三区"。最近上海开发浦东的口号。一路,杨高公路;二桥,南浦大桥和杨浦大桥;三区,陆家嘴、金桥和外高桥三个地区。

171
独体字和合体字

"日、月、山、水、牛、羊、犬、人、子、戈、失"等是独体的象形字。"天、立、上、下、一、二、三、企、见"等是独体的表意字。独体字在现在使用的汉字里占的比例很小。大多数的汉字是由两个或两个以上的形体组成的合体字。

合体字有两种。一种由组合的形体表示意义。例如:"伐"从人从戈,表示以戈伐人。"取"从又从耳,表示捉取一个人。"休"从人从木,表示人倚着树木。这类字叫做"会意字"。另一种,一个形体表示义类,一个形体表示字音。例如:"河"为水名,从水,可声。"张"指张弓,从弓、长声。"球"指玉球,从玉、求声。这类字叫做"形声字"。由于时代不同,字音和字义发生变化,现在会意字表意不明确了,形声字表音不准确了。

172
部首两原则

汉字部首有两原则:从义和从形。《康熙字典》从义,不易查;新《辞海》从形,容易查。举例比较如下(根据刘如水):

(单字)　　　　安案字宋牢家灾宓密蜜寒塞寨客窓(上下结构)
《康熙》部首:　宀木子宀牛宀火宀宀虫宀土宀宀心(从义,不易查)
《辞海》部首:　宀宀宀宀宀宀宀宀宀宀宀宀宀宀(从形,容易查)
(单字)　　　　闩闪问间闲闷闻闰闵闽闱阁阃闺阊(内外结构)
《康熙》部首:　门门口门门心耳门门门门门门门言(从义,不易查)
《辞海》部首:　门门门门门门门门门门门门门门门(从形,容易查)
(单字)　　　　朋鹏服鹏胜鹋脞膨臁胀胧腾脚滕膡(左右结构)
《康熙》部首:　月鸟月鸟力鸟土肉肉肉月马肉水言(从义,不易查)
《辞海》部首:　月月月月月月月月月月月月月月(从形,容易查)

卷二

173
最早的纸书

西汉时发明纸，质劣，写字不用纸。东汉时纸质改进，开始用纸写字，但是还没有用纸写书。1924年新疆鄯善出土《三国志吴书·虞翻传》和《吴书·张温传》残页，计八十行一千零九十余字，称"晋抄《三国志》甲本"，大约东晋人所抄。1965年新疆吐鲁番英沙古城佛塔中发现《三国志吴书·吴主权传》和《魏书·臧洪传》残页，计四十行五百七十余字，称"晋抄《三国志》乙本"，大约西晋人所抄。甲本传入日本，国内存影印本。

174
古代兵书

宋神宗元丰三年（1081年），从《武经总要》中抽出兵书七部，称《武经七略》，如下：1.《孙子兵法》：春秋末齐国孙武著（今存十三篇）。2.《吴子兵法》：战国初卫国左氏邑（山东曹县）吴起著（今存六篇，后人假托），与《孙子兵法》合称《孙吴兵法》。3.《司马法》：相传西周被封于齐的姜尚作，附穰苴书，称《司马穰苴兵法》，司马穰苴即田穰苴，春秋末齐人（今存五篇）。4.《六韬》：著录于《隋书经籍志》，传说姜望（吕望，姜太公）作（今认定战国作品，存六卷）。5.《尉缭子》：战国时魏国尉缭作（还有两人名尉缭，今存五卷、二十四篇）。6.《三略》（《黄石公三略》）：相传姜尚撰，经黄石公推演，授予张良。7.《李卫公问对》（《唐李问对》）：李世民与李靖讨论兵法记录。

此外，古代兵书还有：1.《孙膑兵法》：战国时孙武后裔孙膑作，隋以前失传，1972年在山东临沂西汉墓中发现残简。2.《将苑》：三国时诸葛亮著。3.《守城录》：南宋陈规作。4.《纪效新书》、《练兵实纪》、《止止堂集》：明戚继光作。5.《守城要览》：宋祖舜作。6.《太白阴经》：唐李筌撰，《四库全书》收录本是后人合并。7.《虎钤经》：宋许洞撰。其他。

175

册书

周代有"策书"，魏以后称"册书"，是一种文书。历代册书有多种：1.祝册，用于祭祀。2.玉册，用于上尊号。3.立册，立皇后、太子。4.册封,立储王。5.哀册,用于皇后、太子等逝世。6.赠册,赠号、赠官。7.谥册,上谥、赐谥。8.赠谥册,赠官并赐谥。9.祭册,赐大臣祭祀。10.赐册,敕赐臣下。11.免册,罢免大臣。(高焕婷)

176

清朝的人口

清朝从康熙三十年(1691年)到道光二十一年(1841年),全国人口从一亿增加到四亿。这是中国历史上人口增长很快的时期。主要原因是这个时期战争少,赋税轻,人民生活比较稳定。

177

三皇五帝

战国末期开始有"三皇"一词,汉代形成五种"三皇说",共见七个名字(伏羲、神农、燧人、女娲、祝融、共工、黄帝),后来流行的"三皇说"是"伏羲、神农、黄帝"。

《孟子》中只说"三王五霸",《荀子》中只称"尧、舜、禹、汤"为"四帝",《管子》和《庄子》屡称"三皇五帝",但是没有人名。战国后期创造五种"五帝说",共见十个名字（黄帝、颛顼、帝喾、伏羲、神农、太昊、少昊、炎帝、尧、舜），后来流行的"五帝说"是"少昊、颛顼、帝喾、尧、舜"。

"三皇"大致是远古祖先的象征，"五帝"大致是早期部落的酋长，"三皇五帝"的传说代表史前的蒙昧时期和野蛮时期。这个传说是逐步编织起来的，从简朴到完备，从凌乱到有序，从神化到人化，直至汉代才编织定型。它是历史的影子，不是具体的历史。要科学地理解传说，不要愚昧地迷信传说。

178
中国古代文化的内涵

一、天人合一，以人为本。

二、诸家兼容，以儒为主。

三、德能统观，以德为重。

四、述作共倡，述为号召。（《简明中国古代文化史》）

179
中国传统文化的特点

一、世俗性强,宗教性弱。

二、兼容性强,排他性弱。

三、保守性强,进取性弱。(《传统文化和现代社会》)

180
优秀传统

我国传统文化中的优秀部分是什么?一位作者这样说:

"乐以天下,忧以天下"的无私精神。"居安思危"的忧患意识。"文不爱财,武不惜死"的廉洁思想。"国家兴亡,匹夫有责"的社会责任感。"士可杀不可辱"的铮铮铁骨。"不为五斗米折腰"的高贵气节。"富贵不淫,贫贱不移,威武不屈"的浩然正气。"反躬求己,三省其身"的人生态度。"经世致用"的务实学风。"任人唯贤"的取才思想。"见义勇为,舍身取义"的无畏精神。"尊老敬贤"的淳厚民风。"善民为本"的理财方略。"去奢守朴"的崇俭风气。

181
内圣外王

《汉语大词典》：古代修身为政的最高理想：内备圣人之至德，施之于外，则为王者之政。

《辞源》：1.儒家：内以圣人的道德为体，外以王者的仁政为用，体用兼备，各尽其极致。

2.道家：政治理想是圣人兼有王者之位，以推行自然无为之道。

182
天人合一

《汉语大词典》：中国哲学关于天人关系的一种观点：认为"天"有意志，人事是天意的体现；天意能支配人事，人事能感动天意，由此两者合为一体。战国时子思、孟子首先明确提出这种理论，汉儒董仲舒继承此说，发展为"人天感应"论。

"人天感应"：指天意与人事的交感相应；天能干预人事，预示灾祥；人的行为也能感应上天。清代冯桂芬《太上感应篇图说序》："儒者不谈果报，而天人感应之理具载于经。"

183

道学和道教

1. 先秦无道家,只有老子哲学、庄子哲学。

2. 西汉的道家,以黄老清静无为为思想基础,融合儒、墨、阴阳、名法的部分内容。

3. 东汉严君平《老子指归》开始以老庄为道家。魏晋玄学,称"老庄"或"庄老";魏晋以后以"老庄"为道家的说法成为定论,但是仍旧属于哲学。

4. 后来道教成为宗教,有教义、教派、仪式、组织,共同信奉《道德经》。(《文史知识》)

184

孔子学《易》

今本《论语》说:"五十以学《易》,可以无大过矣。"

《鲁论》本只是说:"五十以学,亦可以无大过矣。"

"易"字原来作"亦"字。孔子学《易》的说法不可信。(胡奇光)

185

国学和乡学

周代的学校有国学(王朝和诸侯办)和乡学(地方办)。

当时,二十五家为闾,闾有塾。五百家为党,党有庠。两千五百家为州,州有序。一万两千五百家为乡,乡有校。这些是乡学。

周王朝京城有辟雍。诸侯国都有泮宫。这些是国学中的大学。国学中还有小学,辟雍四周有四门学(分校):东序、瞽宗、上庠、成均。(韩国的成均大学由此得名。)

负责教育的官员兼任教师,称:师氏、保氏。《周礼·地官司徒》:师氏教国子(大学生,贵族)以六艺(礼、乐、射、御、书、数)和六仪(祭祀、宾客、朝廷、丧纪、军旅、车马)。

春秋战国时期,国学衰落,教师流散各地,"天子失官、学在四夷",出现私人办学。孔子是私学的首创者,有弟子三千人。(谭家健)

186

太学

汉武帝时,创办太学,这是最高学府。教官为五经博士。博士长官称仆射，东汉改称祭酒。西汉太学生称博士弟子，东汉称诸生、太学生。太学生除研习儒家经典外，有的研究自然科学，如张衡、崔瑗。

西汉平帝时规定，郡曰学，县曰校，乡曰庠，聚曰序。民间私学，有精舍、精庐（大学）；有蒙馆、书馆（小学）。教师中的名人有：马融、郑玄等。(谭家健)

187

合卺

"合卺"：古代婚礼，把瓠（葫芦）分为两半，内中盛酒，新婚夫妇各执一瓠而饮。这是后世"交杯酒"的由来。

188

祭酒

祭酒：古代乡宴时候酹酒祭神的长者，后泛称年长位尊之人。汉代设博士祭酒，西晋改为国子祭酒，隋唐称国子监祭酒，都是主管国子监的学官，相当于今天的大学校长或国家图书馆馆长。清光绪三十一年（1905年）废国子监，设学部，改国子监祭酒为学部尚书。

189
天论

商周时代所谓"天"指最高主宰，天即是上帝。

孔孟所谓"天"，有时指主宰之天，有时指自然之天。

荀卿著《天论》，宣称"天行有常，不为尧存，不为桀亡"，否定主宰之天的观念，是思想的一大进步。

董仲舒论"天人之际"，认为"天者百神之大君也"，退回到了主宰之天的观念，违离了荀卿自然之天的思想，是一项大倒退。

（张岱年）

190
天下兴亡，匹夫有责

梁启超《变法通论·论幼学》："顾亭林曰：天下兴亡，匹夫之贱，与有责焉"。又，《痛定罪言》："顾亭林谓天下兴亡，匹夫有责

也"。这句话起于顾,成于梁。(柯兴)

191
文起八代之衰

唐代的韩愈(768—824)提倡散文,反对骈体,"文起八代之衰"。(八代:东汉、魏、晋、宋、齐、梁、陈、隋。)

骈体,起源于汉魏,成熟于南北朝,讲究对仗和声律,四字六字相间,称"四六文"。韩愈反对这种注重形式、束缚思想的文体,提倡接近口语、表意自由的散文,使文体恢复到未受骈体束缚的时代,文学史上称为"古文运动"。"古文"其名,"革新"其实。它比"五四"白话文运动早一千多年。

192
骈俪

"骈"、"俪",都是对偶成双的意思。"骈四俪六",不仅束缚思想,并且限制语言。例如,王勃的《滕王阁序》是有名的好文章,但是其中也不免有削足适履之处。请看:"杨意不逢,抚凌云而自惜；钟期既遇，奏流水以何惭。""杨意"是"杨得意"的省略，"钟期"是"钟子期"的省略。省略使词义晦涩难明。

如果《红楼梦》中把"贾宝玉"省略成"贾玉"，"薛宝钗"省略成"薛钗"，读者将作何反应？

193
煮鹤焚琴

《辞海》：宋·胡仔《苕溪渔隐丛话》引《西清诗话》说："义山《杂纂》，品目数十，盖以文滑稽者；其一曰杀风景，谓清泉濯足，花下晒裤，背山起楼，烧琴煮鹤。"

一位教师对学生讲解"煮鹤焚琴"说：现代也不断发生"煮鹤焚琴"的事，例如伊拉克军人烹煮吃掉科威特动物园中的珍禽异兽。

194
秦直道

"长城"、"兵马俑"之外，"直道"也是秦代大工程。前212年，蒙恬率三十万大军，筑"直道"，始于今陕西淳化甘泉宫，北至内蒙古包头西九原,全长九百公里,宽六十米,比古罗马大道宽数倍。《史记·蒙恬列传》:"始皇欲游天下,道九原,直抵甘泉。乃使蒙恬通道,自九原抵甘泉,堑山烟谷,千八百里";"吾适北边,自直道归,行观蒙恬所为秦筑长城亭障,堑山烟谷,通直道"。

195

舍利金函

"舍利",梵文 Sarira,又译"设利罗",意译"身骨",是释迦牟尼的骨灰。传说,他火葬后,有八个国王分取舍利,建塔供奉。甘肃泾川县大云寺发现"舍利金函",又称"金银棺",棺椁四层:第一层石函,第二层铜匣,第三层银椁,最内第四层金棺,其中放置指尖大小的舍利十四粒。隋文帝时造塔,唐武则天时倒塌重造。(新华社)

196

崔溥漂海录

崔溥(1454—1504),朝鲜成宗八年(明成化十三年,1477

年)进士。三十三岁时,在济州岛作官。次年(1488)闰正月初三,在渡海回乡奔父丧的途中,遇风漂流至中国浙江临海。开始被误认为倭寇,经过六次会审,终于弄清了事实。因而受到明朝的礼遇,当年6月回国。朝鲜国王令他把一百三十六天的漂海日记,包括在中国的见闻,后称《漂海录》,撰呈朝廷,并遣使赴北京致谢。

《漂海录》用汉语文言记录他在中国(明代弘治初年)所见的海防、交通、经贸、文化,上至朝政、下至市井。全书五万四千字,被称为"摹写中原之巨笔"。这里摘录两件小事:

宦官狂悖。"有太监姓刘者,封王赴京,其旌旗、甲胄、钟鼓、管弦之盛,震荡江河。刘以弹丸乱射舟人,其狂悖如此!"

江南左衽。江南妇女所服皆左衽。沧州以北女服之衽或左或右。至通州以北皆右衽。观察入微,道史书所未道。(葛振家)

197

邮传文化

《孟子·公孙丑上》:"孔子曰,德之流行,速于置邮而传命。"步传曰邮,马递曰置、曰驿。《后汉书·袁安传》:"公事自有邮驿"。"邮",后来说成"邮传"、"邮驿"。清光绪三十二年（1906年）设"邮传部"，管理交通、邮政，民国改为"交通部"，下设"邮务局"，简称"邮局"。后来，中国称"邮政"，日本称"邮便"。

中国两千多个县市中，只有一个以"邮"命名，就是江苏的"高邮市"。在此地，秦筑高台，设邮亭，至今有两千二百年历史。因此，高邮又称"秦邮"、"盂城"（秦驿名）。1997年，在这个邮文化发祥地举行"中国邮文化节"，迎来美、韩、澳、意、新及中国香港、台湾等地一千二百多位客人，并有论文六十三篇。(谈玮)

198
扫墓踏青

扫墓、踏青、插柳，始于何时？

扫墓：始于战国的"墓祭"，盛于唐代。后称"上坟、"上墓"。清代上坟从清明前夕起到立夏日止，长达一个月。有诗云：南北山头多墓田，清明祭扫各纷然；纸灰飞作白蝴蝶，泪血染成红杜鹃。

踏青：又称"寻春"、"春禊"，晋代已盛。

插柳：始于唐代，传说为介子推母子招魂。宋代，清明家家以柳插门下。民间传说：清明不戴柳，红颜成皓首。(陈文华)

199

千里送鹅毛

"千里送鹅毛"一般认为只是一种"礼轻情意重"的比喻。可是历史上真有其事。

《南唐书》载：大理国派特使缅伯高进贡天鹅，路经沔阳湖，特使想让天鹅洗个澡，想不到天鹅出笼，一飞冲天，只掉下一根羽毛。特使无可奈何，只好把这根羽毛献给皇帝，并赋诗一首：

将鹅贡唐朝，山高路途遥。沔阳湖失鹅，倒地哭号啕。上禀唐天子，可饶缅伯高？(《书刊报》98－06－05)

200

雁塔题名

西安慈恩寺内的大雁塔，始建于唐永徽三年（652年）。唐代进士及第后，皇帝在雁塔南边的曲江赐宴，称"探花宴"。宴罢，进士们在大雁塔下各自题名,后来凿刻在石碑上。五代王定保《唐摭言》记载:白乐天一举及第,作诗曰:"赐恩塔下题名处,十七人中最少年。"时乐天年二十七。(刘立河)

201
校勘

校:核对。勘:推究。校勘:核对异同,推究正误。又称:校雠。

古书传抄,错误甚多。古为今用,首先要纠正古书上的错误,否则以讹传讹,误入迷途。于是,校勘成为一门学术。

校勘的方法有:外校、内校、贯通、其他。

不同的书本互校,称为"外校"。

同书上下文互校,称为"内校"。

推究上下文的意义是否贯通,从而辨别原文是否错误,叫做"贯通"。

继承文化遗产,应当把古书翻译成为现代汉语。翻译之前,必须做校勘工作。

202
阙文

《论语》:"子曰,吾犹及史之阙文也。有马者借人乘之。今亡矣夫"。(孔子说,我还能看到史书的阙文。有马的人,借给别人骑。今天没有了罢。)这里文义不能贯通,一定有错误。

许慎《说文序》引这句话:"孔子曰,吾犹及史之阙文,今无矣夫"。没有"有马"等七字。

宋叶梦得《石林燕语》根据《汉书·艺文志》引文,也没有"有马"等七字,疑是衍文;可能是"错简"(竹简次序错乱)传抄所致。这种说法是可信的。

但是,去掉七字以后,是否应当接上"今亡矣夫",仍旧是问题。"今天没有了罢","没有了"什么呢?没有了"阙文"?讲不通。这里一定还有错误和遗漏。"尽信书,不如无书"。

203
古和今

有考古研究所,没有考今研究所,因此,古史逐渐明白,今史更加糊涂。

有古文观止,没有今文观止,因此,青年学生多半写不通白话文。

204
咸亨

《周易》:咸,亨,利贞。取女,吉。

唐孔颖达《周易正义》:"此(咸)卦,明人伦之始,夫妇之义,必须男女共相感应,方成夫妇,既相感应,乃得亨通。"

近人考释,这是中国最早的房事记载。原文和考释如下:

原文:"咸[1]其拇[2],咸其腓[3],咸其股[4],执[5]其随[6];憧憧往来[7],朋从[8]尔[9]思[10];咸其脢[11],咸其辅[12],颊[13],舌。"

考释:[1]感,揿,摸,亲。[2]大脚趾。[3]小腿。[4]大腿。[5]抱。[6]意同骰,臀。[7]大动之。[8]相互。[9]应和,嗳啊。[10]语气词。[11]乳,背肉。[12]颊之上。[13]腮。

行动从下而上,不类新婚之歌,而似偷情之曲。(张惠仁)

205

民可使由之

《论语》:"民可使由之,不可使知之。"

这两句话有完全相反的两种解释。

一种解释是听从于民:"民可,使由之;不可,使知之。"(人民认为"可",就使他这样去做;人民认为"不可",就使他知道这回事。)

另一种解释是不听从于民:"民,可使由之;不可使知之。"(人民,可以叫他这样去做,不可以使他知道这个道理。)

最近,有人提出另一种新的解释:

"可",就是"能够"。"老百姓能够按照我们的意见去做,不能够(不容易)懂得为什么要这样去做"。这就是"知难行易"。

《孟子》:"行之而不著焉,习矣而不察焉,终身由之,而不知其道者众矣。"这可以看作是上面所引《论语》两句话的注解。

206

亭台楼榭

在中国旅游,常常接触到"亭、台、楼、榭、殿、阁"等古建筑名称。它们的简单解释是：

"亭"是有顶无墙的小型建筑物，多为竹、木、砖、石建造而成，有圆形、方形、六角形、八角形、扇形等形式。

"台"是高而平的建筑物，供眺望、游观之用，如：瞭望台、烽火台、炮台等。

"楼"是两层以上的房屋，如：城楼、钟楼等。

"榭"是建在高台上的敞屋，即"台"上的房子，如：林榭、舞榭、水榭等。

"殿"是高大的堂屋，指帝王所居和供奉神佛之所，如：太和殿、大雄宝殿等。

"阁"是架空的楼，通常四周设有隔扇和栏杆回廊，它是以台榭为基础的建筑物，供远眺、游憩、藏书、拜佛之用，如：佛香阁、天一阁、蓬莱阁等。

这些名称往往可以改变原来的意义，不一定严格地符合基本定义。

207
什么是二十五史？

1.《史记》，西汉司马迁著，公元前93年成书。

2. 《汉书》，东汉班固著，前83年成书。

3. 《后汉书》南朝宋范晔著，445年成书。

4. 《三国志》西晋陈寿著，289年成书。

5. 《晋书》唐房玄龄等著，648年成书。

6. 《宋书》梁沈约著，488年成书。

7. 《南齐书》梁萧子显著，514年成书。

8. 《梁书》唐姚思廉等著，636年成书。

9. 《陈书》唐姚思廉等著，636年成书。

10. 《魏书》北齐魏收著，554年成书。

11. 《北齐书》唐李百药著，636年成书。

12. 《周书》唐令狐德棻等著，636年成书。

13. 《南史》唐李延寿著，659年成书。

14. 《北史》唐李延寿著，659年成书。

15. 《隋史》唐魏徵等著，636—656年成书。

16. 《旧唐书》后晋刘昫等著，945年成书。

17. 《新唐书》宋欧阳修、宋祁著，1060年成书。

18. 《旧五代史》宋薛居正等著，974年成书。

19. 《新五代史》宋欧阳修著，1072年成书。

20.《宋史》元脱脱等著,1345年成书。

21.《辽史》元脱脱等著,1344年成书。

22.《金史》元脱脱等著,1344年成书。

23.《元史》明宋濂等著,1370年成书。

24.《明史》清张廷玉等著,1739年成书。

25.《清史稿》民国赵尔巽等著,1927年成书。(谢清俊《二十五史的文字统计与分析》)

208

简要清通

钱昌照《简要清通诗》:文章留待别人看,晦涩冗长读亦难;简要清通四字诀,先求平易后波澜。

209

古书三大类

中国古书的形制主要有三大类:1.简牍,2.卷轴,3.册页。简牍最早,是用竹条或木条连接起来的册子。卷轴较晚,是把绢帛或纸张卷起来的卷子。册页最晚，是在雕版印刷发明以后才盛行的书本。今天是册页书本时代。

210

简牍

窄者曰简，宽者曰牍。上启周，下迄晋，简牍沿用千余年。全国出土有：春秋战国、秦、汉、晋、唐、西夏，六个时代，六万余枚。其中五万枚出于甘肃。内容：皇帝诏书、国家和地方法规、民间生活事务，应有尽有。20世纪初，英国人第一次发现敦煌汉简。30年代出土居延汉简万余枚。50—80年代，武威和居延汉简再次出土。90年代敦煌悬泉汉简大批出土。(《甘肃日报》)

211

殷周简牍

"简"是竹木制成的简册。"牍"是木制的版牍。

商代有简。甲骨文中的"册"字像竹木简编连的样子。"典"字是"册"字下面多一双手，像以手捧册置于架上。《说文》：

"典，大册也。"《尚书》："惟殷先人，有册有典。"

周代有版牍。《周礼》："掌邦人之版"，"掌民之数，自生齿以上皆书于版"。

但是，商周的实物，还没有发现。

出土的简，最早的属于战国前期，如1978年湖北随县擂鼓墩1号墓发现的楚简（年代为公元前433年）。出土的版牍，最早的属于战国晚期，有1975年湖北云梦县睡虎地4号秦墓发现的两件木牍家信（年代为约公元前223年）；还有1978年到1980年四川青川郝家坪50号墓发现的奏牍。

简牍十分笨重。战国学者惠施，用五辆车运载他的书籍。所谓"学富五车"。秦始皇每天看公文，"至以衡石（重一百二十斤）量书"。西汉东方朔上书，用奏牍三千，汉武帝让两个壮汉尽力持奉，阅读"二月乃尽"。可是，简牍便宜，所以使用时期非常长，直到帛书时代还同时用简牍，因为缣帛太贵了，无法普及。

212
甘肃简牍

三十年来，甘肃出土简牍四万六千枚，一百二十多万字。地点:敦煌、酒泉、张掖、武威、玉门、居延等地的"肩水金关、肩水候官、甲渠第四隧、马圈湾、花梅、酥油土、磨咀子、悬泉置"等遗址。除少量战国遗物外,大都为汉代简牍,上起汉武帝元朔元年(前128年),下至三国。形制有:"简、策、两行、牍、检、符、觚、签、册"等。纪年清楚而内容连贯的完整卷册有一百多册。有汉代医方的"武威医简",有汉代敬老制度的"玉杖十简"和"玉杖诏令",有诉讼案件的简册许多枚。1991—1992年敦煌悬泉置遗址出土最多:有简牍两万二千枚,内容有诏书、律令、簿籍、爰书、历谱、数术书、医方、相马经、信函等十五类,四十万字。甘肃成为"简牍学"的研究中心。(新华社)

213

雕版和册页

发明了纸张,又发明了雕版印刷,于是册页式的书本成为正宗。可是,一"册"书的"册"字,是从简牍时代传下来的;一"卷"书的"卷"字,是从卷轴时代传下来的。语言中保存着历史的化石。

雕版的出现,有人认为始于汉代,有人认为出现于北宋。雕版是一页一页印刷的,于是书本也就一页一页叠起来,在一边装订,成为一个"册页式"的本子。

214

汉字与岩画

汉字与岩画同出一源。有的字形与岩画相同,有的字形与岩画相似,岩画是汉字的父母。中国各地逐步发现了不少岩画。岩画的历史大约有一万年,汉字的历史从甲骨文算起大约有三千三百年。

岩画以圆圈代表太阳,与甲骨文相同。岩画以月牙代表月亮,与甲骨文相同。岩画中的"弓",与甲骨文相同。岩画中的"田"(土地),与甲骨文相似。岩画中画的动物,有全身,有半身,有直立,有蹲坐,有侧面,四足只画两足,扩张具有特点的部分,如马有长脸和长鬃,虎有大嘴和利齿,诸如此类的手法,跟甲骨文完全一样。岩画的雕刻技法,跟甲骨文和金文也极为相似。

岩画以象形为主,指事为副。指事例如,数目用线条表示,有些图形上加上了小的标记。这些方法,也是原始文字的创造方法。

215
六书三层说

研究岩画，可以启发理解造字的原始方法。简言之："象形"为主，"指事"为副，这就是造字的原始方法。原始文字大都是单个符号。后来，拼合单个符号，成为复合符号，于是就有"会意"和"形声"。把现成的字，略作变更，形成新字，就是"转注"。借用现成的字，取其音，去其意，就是"假借"。

从发展观点看，"六书"分为三个层次：第一层是"象形"为主，"指事"为副，这是原始造字法。第二层是"会意和形声"，这是复合造字法。还要附带"转注"的变形造字法。第三层是"假借"，这是同音借用，是一种用字法，不是一种造字法。"假借"和"形声"中的"声旁"，是表音法的萌芽。

以上就是"六书三层说"。

在岩画中，已经有"象形"、"指事"，并且有近似"转注"的图形变化，以及符号复合化的初步现象。甲骨文发展了"会意"、"形声"和"假借"，成为可以按照词序连续阅读的成熟文字。

216
佛教和汉文化

佛教起源于公元前6—前5世纪的印度，相当于中国的春秋时代，也就是相当于孔子的时代。西汉哀帝元寿元年（公元前2年），佛教传入中国，起初只在宫廷供奉。经过漫长的吸收、消化和发展，到了南北朝（420—589）时代，形成"中国佛教"。隋唐（581—907）时代，"中国佛教"达到全盛时期。当时，日本到中国来的留学生，主要目的是来学习中国的佛教。佛教在印度衰落，而在中国兴盛。中国代替印度成为佛教的中心。

佛教给汉文化的影响是多方面的。其中，语言学是突出的一个方面。佛教丰富了汉语词汇，提高了汉语的语音知识，创造了"反切法"和"三十六字母"。佛教发展了汉文化的思维方式，发展了汉文化的语言生活。

217
服色

衣服颜色分贵贱，中外皆然。唐高祖武德年规定：服色尊卑分五等：紫、朱、绿、青、黄（白）。唐高宗时改为七等：紫、淡绯、浅绯、淡绿、浅绿、淡青、浅青、黄。平民穿不染色的粗布，称"白丁、白衣、布衣"（文盲、没有功名的人）。(林清和)

218

岳飞的贺兰山

岳飞《满江红》："驾长车，踏破贺兰山缺。"这个贺兰山在哪里？

《磁州志》："贺兰山在州西北三十里，宋贺兰真人居于此，因此得名。"磁州在今河北，岳飞曾在此地与金兵作战。

有人说：宁夏贺兰山上有岳飞庙，那是历史的附会。

但是，"待从头，收拾旧山河"，气吞全部失地，决不限于磁县一带，说他指的是宁夏贺兰山，可能更为切题。(《北京晚报》)

219

素琴

《陋室铭》："可以调素琴……无丝竹之乱耳。"既有琴声，何能无丝竹乱耳?原来,"素琴"是无弦之琴,无弦当然也无声。《晋书·陶潜传》:"性不解音,而畜素琴一张,弦徽不具,每朋酒之会,则抚而和之,曰:但识琴中趣,何劳弦上声!"可是,无"弦",何能"调"?能"调",何能"无声"?(郑重《素琴辨》)

220

烽燧

甘肃居延有汉代的"烽燧台"。"烽燧"是古代的警报系统,有五种报警信号:

"烽":高举庞大的筐笼,使远处看见。

"表":高举飘动的旗帜。

"烟":燃烧烟灶,放出烟柱。

"苣火"(炬火):燃烧芦苇,升起火柱。

"积薪":燃烧巨大的柴草堆,白天成烟柱,夜间成火柱。

这些警报信号一昼夜可以传播一千三百至一千四百里,在古代是极高的速度。

221

范仲淹未到岳阳楼

岳阳楼由于范仲淹的《岳阳楼记》而名传四海。但是,范仲淹本人并未到过岳阳楼。

他看了滕子京提供的《洞庭晚秋图》,凭幼年熟悉的太湖景象,避实就虚,借景抒情,表达了他胸中的"先忧后乐"的伟大抱负。(岳阳市《岳阳楼志》编写组)

222

三个赤壁

湖北有三个赤壁:

蒲圻赤壁:石头山。"赤壁之战"的古战场,又称"周郎赤壁"。

武昌赤壁:赤矶山。周瑜在此指挥"赤壁之战",有纪念诸葛亮借东风的"拜风台"。

黄州赤壁:赤鼻矶。苏东坡错认此地为周郎赤壁,作《念奴娇·赤壁怀古》和《赤壁赋》。

223
明代的文学争论

明代中叶有复古和解放的文学争论。

复古派有"前后七子"。"前七子":李梦阳、何景明、徐祯卿、边贡、康海、王九思、王廷相等。"后七子":李攀龙、王世贞、谢榛、宗臣、梁有誉、吴国伦、徐中行等。他们提倡文学复古,认为"文必秦汉、诗必盛唐"。此后的文学是末流,不值得一读。

另一派反对复古,推崇"唐宋八大家"的文体解放,被称为"唐宋派"。(八大家:唐韩愈、柳宗元;宋欧阳修、苏洵、苏轼、苏辙、王安石、曾巩)。这一派的代表人物有归有光、王慎中、唐顺之、茅坤等。他们认为:"今世以琢句为工,自谓欲追秦汉,然不过剽窃齐梁之余,而海内宗之,翕然成风,可谓悼叹耳。"他们讽刺拟古主义者:"颇好剪纸染采之花,遂不知复有树上天生花也。"

复古和解放之争,古已有之,今后还要反复。

224

润笔

《隋书·郑译传》：上令内史令李德林立作诏书，高颎（读jiǒng）戏谓译曰："笔干"。译答曰："不得一钱，何以润笔？"上大笑。后来称稿酬为"润笔"。宋洪迈《容斋随笔》：文字润笔，自晋代以来有之，至唐始盛。

钱泳《履园丛话》：白乐天为元微之作墓铭，酬以舆马、绫帛、银鞍、玉带之类，不胜枚举。

刘禹锡《祭韩吏部文》：（韩愈）公鼎侯碑，志隧表阡，一字之价，辇金如山。

司马相如得黄金百斤，作《长门赋》。

《旧唐书》：（李）邕尤长碑颂，中朝衣冠及天下寺观，多赍持金帛，往求其文，受纳馈遗，以至巨万，时议以为自古鬻文获财，未有如邕者。

225

女真汉文学

金代女真人醉心汉文学。"(金)熙宗童时聪悟,得中国儒士教之,后能赋诗染翰,尽失女真故态矣"。"(熙宗)视开国旧臣,则曰无知夷狄,及旧臣视之,则曰宛然一汉户少年子也"。弑熙宗而自立的海陵王,尝为人题扇曰:"大柄若在手,清风满天下";又"南征维扬望江左"诗曰:"万里车书尽会同,江南岂有别疆封;屯兵百万西湖上,立马吴山第一峰。"(金启宗《沈水集》)

226

潮州学

"潮州学"研究潮汕的历史文化和人文景象。"潮汕"指广东省潮州市、汕头市和揭阳市所辖地区。潮州人是中原移民,始自秦汉,晚至明清。中原汉语,融会古越语、楚语和闽南土著语言,到明代形成潮州方言。语言中有"活化石",例如"公公"叫作"大家","儿媳"叫作"新妇","锅"叫作"鼎","筷"叫作"箸"。海外潮州人有一千万。(杨方笙)

227

熹平石经

汉末，社会动荡，字失规范。议郎蔡邕等奏请正定五经文字。从熹平四年（175年）到光和六年（183年），历时九年，刻石碑四十六座，碑文约二十万字，后世称为"熹平石经"。这是汉字规范化的先河。历史变乱，熹平石经被毁，宋代洪适著《隶释》，收集石经残字，仅得两千一百一十一字。（《史鉴》）

228

帝王与书法

项羽鄙视书法，他说："但记姓名而已，不足学。"

刘邦好书法，曾与卢绾一同学书法。

蔡邕反对以书法取仕，他说："夫书画辞赋，才之小者，匡国理事，未有其能。"

南朝齐太祖与王僧虔比书法。僧虔曰："臣书臣中第一，陛下书帝中第一。"

南朝梁武帝萧衍袤钟繇而贬王羲之。

唐太宗藏王羲之书法一百五十卷，并为王羲之作传。《书法要录·唐朝叙书录》：太宗尝谓侍中魏徵曰："虞世南死后，无人可与论书。"徵曰："褚遂良下笔遒劲，甚得王逸少之体"。太宗即日召令侍书。

唐太宗诋讥萧子云的书法无丈夫气，而推崇王羲之。唐张怀瓘《书议》："逸少草有女郎材，无丈夫气，不足贵也。"

唐明皇偏爱丰腴笔体。宋代书家评曰："开元以来，缘明皇字体肥俗，始有徐浩以合时君所好，经生字亦自此肥俗，开元以前古气无复有。"

宋太祖好书法。宋长文《续书断》云："万机之暇，手不释卷，学书至于夜分，而夙兴如常。"他遣使购募前代法帖，令人摹刻成《淳化阁帖》，开宋人帖学之风。后来，宋仁宗庆历以下，苏、黄、米、蔡撇开《阁帖》以及宋初书风，逐渐形成宋代书法高峰。而徽宗所创瘦金体，别具一格。

宋高宗赵构崇尚东晋六朝书法，自谓"余自魏、晋以来至六朝笔法，无不临摹"。

明成祖朱棣爱好书法，诏令文书由工书者誊写。其后，仁宗、宣宗、孝宗、神宗都好书法。臣下风从，渐成庸俗的馆阁体，代表人物为沈度、沈粲。后有祝允明、文徵明,从馆阁体之外崛起,成为主流书法。

清代康熙、乾隆二帝爱好书法,使馆阁体重新抬头。众人模仿皇体,乾隆一代尤甚。(梁永琳)

229

茶博士

"博士",原为博学之士,后来尊称贬值,出现"茶博士"。

先秦,博士为高官。《史记》:"公仪休,鲁博士也,以高第为鲁相"。宋国设博士。《汉书》:"博士,秦官,掌通古今"。

汉代,博士为太常属官,员额数十人。武帝时,置五经博士,掌经学,兼教务。

南北朝,博士为专精一艺之官。西晋有律学博士。北魏有医学博士。隋唐有国子、四门博士、算学博士、书学博士。

宋代,博士为专事一技之人,并推及茶肆饭馆。孟元老《东京梦华录》:"凡店内卖下酒厨子,谓之茶饭量酒博士"。封演《封氏见闻记》:"命奴子取钱三十文,酬煎茶博士"。《水浒传》:"宋江便道,茶博士,将两杯茶来!"《称谓录》:"今茶饭馆会走者,亦曰

博士"。(诸葛子房)

230

卑鄙不卑鄙

"卑鄙",现在是骂人话,在古代是谦辞。诸葛亮《出师表》中说:"先帝不以臣卑鄙,猥自枉屈,三顾臣于草庐之中。"在古代,"卑"是地位低下的意思,"鄙"是见识浅薄的意思。这个谦辞,后来慢慢变成"龌龊无耻"的骂人话。(张颂甲)

231

龙有九子

《升庵外集》:龙有九子。大曰"赑屃"(bì xì),似大龟,好负重,常驮碑。二曰"螭吻"(chī wěn),好瞭望,踞屋顶。三曰"蒲牢",好吼叫,作钟纽。四曰"狴犴"(bì'àn),有威力,守狱门。五曰"饕餮"(tāotiè),贪饮食,蹲鼎盖。六曰"蚣蝮",喜游泳,守桥柱。七曰"睚眦"(yázì),好杀戮,作刀把。八曰"狻猊"(suānní),好烟火,守香炉。九曰"椒图",好关门,守大门。据说，九个儿子都是"目不识丁"。可怜，如此龙子龙孙!

232

刀笔吏

春秋和秦汉时代，用木简、竹简当做纸，写错了，用小刀削去，有如今天用"橡皮"或"涂改液"。古代文书员经常拿着一支"笔"和一把"刀"，被称为"刀笔吏"。

233

人须笔

唐人笔记：岭外没有兔子，一位大老爷得到了兔毛，叫制笔匠人用它做笔。匠人喝醉了酒，不当心把兔毛丢了，心里非常害怕。没办法，就把自己的胡须割下，代替兔毛，做成了笔。大老爷觉得这笔做得特别好，问他用的是什么毛。他从实告诉了大老爷。大老爷说：很好，以后你每月给我做三支"人须笔"。

234

武官造笔

蒙恬造笔。蒙恬是秦始皇的大将。为什么武官造笔,而不是文官造笔呢?原来,蒙恬带领三十万大军驻守长城,每天要向皇帝报告军情,书写十分繁忙,需要有好写耐用的笔,于是文书人员改进笔的制造,把功劳归之于大将蒙恬。

235

邢夷造墨

传说,周宣王(前827—前782年)时候,有一个叫"邢夷"的人,在河滩边捡到一块天然石墨,把手弄黑了。他想,如果把它碾成黑粉,和上稀粥,做成墨汁,就可以用来写字。回家试制,果然成功。

236

石墨和烟墨

早期的墨是天然的石墨。古书说:"石墨出三辅,上石价八百。""三辅"是古代地名,在现在的陕西。后期的墨是人工制造的烟墨,用"松烟"或"油烟"制成。三国曹植诗:"墨出青松烟"。从石墨进步到烟墨,大致在三国时代。

237

徽墨

唐代,制墨中心在陕西,后来发展到山西和河北。为避"安史之乱",墨工奚超迁居南方,定居江南的歙州(在安徽),墨业逐渐发达,于是"徽墨"出名。

上等的墨,用松木"不完全燃烧"形成的烟尘,和以胶液制成,加进香料(麝香、冰片等)、发光剂(珍珠、玉屑、金箔等)和防腐剂(龙脑、樟脑、生漆等)。香气扑鼻,经久不变。

238

程氏墨苑和汉语拼音

明代制墨名家程君房著有《程氏墨苑》,其中收录名墨五百笏(古代表示墨的量词),还记录了重要的文化资料,例如意大利传教士利玛窦用罗马字给汉字注音的文章。这一资料启发了后来的罗马字运动,也是《汉语拼音方案》的第一代祖先。

239
四大名砚

端砚、歙砚、洮砚、鲁砚,称为"四大名砚"。"端砚"产于广东肇庆,隋唐时代属于端州。"歙砚"产于江西婺源歙溪,又称"婺源砚"。"洮砚"产于甘肃洮州(今临潭县)。"鲁砚"产于山东。还有一种"澄泥砚"也很有名。用的是人工原料,不是天然石头。把泥土放在绢袋里,在水中慢慢摇动,细泥渗出袋外,沉于盘底;去水得泥,加入丹铅等和料,制成砚坯;经过"晒、烧、蒸"等十多道工序,最后做成砚台。它能"含津益墨"。

240
三元

旧称乡试、会试、殿试之第一名为解元、会元、状元,合称"三元"(明代亦以廷试之前三名为三元,即状元、榜眼、探

花)。三级考试制度一般如下:

(应试资格)(考试地点)(考试名称)(得中称呼)(第一名)

应试资格	考试地点	考试名称	得中称呼	第一名
秀才	省会	乡试	举人	解元
举人	京城	会试	贡士	会元
贡士	太和殿	殿试	进士	状元

(注:乡试目的在解送人才到京师参加会试,又称解试,第一名称解元。会试目的在进贡人才参加殿试,合格者称贡士。入京师应礼部试,须投状书,第一名称状元。)

241

八股文

《辞海》(1948)"八股文"条:

明清两朝应制科(制举)之一种文体也,一曰制义,又曰时文,亦曰四书文。

文中有破题、承题、起讲、提比、虚比、中比、后比、大结诸名。破题共二句,道破全题之要义。承题申明破题之意。起讲一曰原起,一篇开讲之处。提比一曰提股,起讲后入手之处(又名入手)。虚比一曰虚股(又名起股),承提比之后。中比一曰中股,为全篇之中坚。后比（又名后股），畅发中比未尽之义。大结（又名束股），为一篇之总结。八股（又名八比）之制，于是大备。全篇字数，顺治初定为四百五十字，康熙时改为五百五十，后又改为六百，过多则不及格。

顾炎武（1613 1682）谓，八股之害，甚于焚书。至清末始废。

《中国大事年表》（1935年）：元仁宗皇庆二年（1313年）"初诏行科举"。清光绪三十二年（1906年）"谕停科举"。

242

八股文样品

题目：子谓颜渊曰：用之则行，舍之则藏，惟我与尔有是夫。（《论语·述而》）

作者：（清）韩菼。

圣人行藏之宜，俟能者而始微示之也。（破题）

盖圣人之行藏，正不易规，自颜子几之，而始可与之言矣。（承题）

故特谓之曰：毕生阅历，只一二途以听人分取焉，而求可以不穷于其际者，往往而鲜也，迨于有可以自信之矣，而或独得而

无与共，独处而无与言。此意其托之窬歌自适也耶？而吾今幸有以语尔也。（起讲）

回乎！人有积生平之得力，终不自明，而必俟其人发之者，情相待也。故意气至广，得一人焉，可以不孤矣。

人有积一心之静观，初无所试，而不知他人已识之者，神相告也。故学问诚深，有一候焉，不容终秘矣。（起二比）

回乎！尝试与尔仰参天时，俯察人事，而中度吾身，用耶舍耶！行耶藏耶！（出题）

汲于行者蹶，需于行者滞。有如不必于行，而用之则行者乎？此其人非复功名中人也。

一于藏者缓，果于藏者殆。有如不必于藏，而舍之则藏者乎？此其人非复泉石间人也。（两小比）

则尝试拟而求之，意必诗书之内有其人焉，爰是流连以志之，然吾学之谓何？而此诣竟遥遥终古，则长自负矣。窃念自穷理观化以来，屡以身涉用舍之交，而充然有余以自处者，此际亦差堪慰耳。

则又尝身为试之，今者辙环之际有微擅焉，乃日周旋而忽之，然与人同学之谓何？而此意竟寂寂人间，亦用自叹矣。而独是晤对忘言之顷，曾不与我质行藏之疑，而渊然此中之相发者，

此际亦足共慰耳。(中二比)

而吾因念夫我也,念夫我之与尔也。(过接)

惟我与尔揽事物之归,而确有以自主,故一任乎人事之迁,而只自行其性分之素。此时我得其为我,尔亦得其为尔也,用舍何与焉,我两人长抱此至足者共千古已矣。

惟我与尔参神明之变,而顺应无方,故虽积乎道德之厚,而总不争乎气数之先。此时我不执其为我,尔亦不执其为尔也,行藏又何事焉,我两人长留此不可知者予造物已矣。(后二比)

有是夫,惟我与尔也夫。而斯时之回,亦怡然得、默然解也。(收结)

卷三

243

"与共"格

庾信《马射赋》:"落花与芝盖同飞,杨柳共春旗一色。"注:"芝盖",车盖;"以芝为盖",有彩色的车盖。"春旗",春幡;古俗,立春挂春幡。

王勃《滕王阁序》:"落霞与孤鹜齐飞,秋水共长天一色"。

244

十佳唐诗

香港举办"最受欢迎的唐诗选举",选出如下十首,依名次先后抄录如下:

1. 孟郊《游子吟》:慈母手中线,游子身上衣。临行密密缝,意恐迟迟归;谁言寸草心,报得三春晖。

2. 杜牧《清明》:清明时节雨纷纷,路上行人欲断魂。借问酒家何处有,牧童遥指杏花村。

3. 李白《静夜思》:床前明月光,疑是地上霜。举头望明月,低头思故乡。

4. 王之涣《登鹳鹊楼》：白日依山尽，黄河入海流。欲穷千里目，更上一层楼。

5. 李商隐《登乐游原》：向晚意不适，驱车登古原。夕阳无限好，只是近黄昏。

6. 孟浩然《春晓》：春眠不觉晓，处处闻啼鸟。夜来风雨声，花落知多少。

7. 白居易《赋得古原草送别》：离离原上草，一岁一枯荣；野火烧不尽，春风吹又生；远芳侵古道，晴翠接荒城。又送王孙去，萋萋满别情。

8. 李绅《悯农》：锄禾日当午，汗滴禾下土。谁知盘中餐，粒粒皆辛苦。

9. 李白《早发白帝城》：朝辞白帝彩云间，千里江陵一日还。两岸猿声啼不住，轻舟已过万重山。

10. 贺知章《回乡偶书》：少小离家老大回，乡音无改鬓毛衰。儿童相见不相识，笑问客从何处来。（泰国《星暹日报》）

245

兵马俑诗

"功罪纷纭论始皇，至今文物发奇光；二千二百年前事，恍是

兵车会八方。"（赵朴初）

"削尽群雄四海臣，沙丘腐鲍伴遗身；瓦全将士空持戟，后世终归笑后人。"（启功）

评秦始皇的诗，最有名的是，唐章碣《焚书坑》："竹帛烟消帝业虚，关河空锁祖龙居；坑灰未冷山东乱，刘项原来不读书。"

（注：群雄平定，四海臣服，天下统一之后，秦始皇在巡游全国的大车上死去，侍臣们把臭鲍鱼堆在他的尸体旁边，使老百姓闻到臭味而不知道秦始皇已经死去。）

246

桃花源记

《桃花源记》描写的社会：

"来此绝境，不复出焉，遂与外人间隔。"——封闭！

"不知有汉，无论魏晋。"——忘时！

"此中人语云，不足为外人道也。"——保密！

一个"封闭、忘时、保密"的社会，是一个理想的社会吗？是一个进步的社会吗？为什么大家这样爱读《桃花源记》呢？

247

阿房宫赋

秦始皇兵马俑的展出,使人想到唐人杜牧的千古奇文《阿房宫赋》。

《阿房宫赋》一开头是四个三字句:"六王毕!四海一!蜀山兀!阿房出!"这十二个字有万钧之力!三字句是最短的句式。由于最短,所以最有力。"毕!一!兀!出!"四个动词,都是入声,像四支火箭一齐射向秦宫!

四个短句之后,接着来了一个长句:"覆压三百余里,隔离天日!"文章全局,就此摆定了!

于是,尽情地描写建筑的宏伟瑰丽,生活的奢侈浪费,把阿房宫里里外外各种静态和动态场面一一展示在读者眼前。结语是:"独夫之心,日益骄固!""楚人一炬,可怜焦土!"

历史写完,思绪未完。历史循环重演,吸取历史教训是何等困难!"秦人不暇自哀,而后人哀之!后人哀之而不鉴之,亦使后人而复哀后人也!"

这一千古奇文,我国青年应当代代传颂。

248

人口诗

《天工开物》作者宋应星曾作"怜愚诗"若干首。其中一首谈人口问题:

"一人两子算盘推,积到千年百万胎。幼子无孙犹不瞑,争教杀运不重来。"

此诗作于明崇祯十三年(1640年),比马尔萨斯"人口论"早一百五十八年。(《中国环境报》)

249

卿云歌

相传舜将禅位于禹,君臣共唱《卿云歌》。歌曰:"卿云烂兮,糺缦缦兮,日月光华,旦复旦兮。"见《尚书大传》。"卿云",即"庆云",古谓祥瑞之气。1919年(民国八年)曾采用《卿云歌》为国歌。

250

滚滚长江东逝水

《三国演义》电视剧放映,成为家家户户的晚间娱乐。序曲词《临江仙》含意深刻:

"滚滚长江东逝水,浪花淘尽英雄;是非成败转头空,青山依旧在,几度夕阳红。 白发渔樵江渚上,惯看秋月春风;一壶浊酒喜相逢,古今多少事,都付笑谈中"。

这首《临江仙》,不是《三国演义》作者罗贯中所作,而是明代词人杨慎(1488—1559)所作。杨谪戍云南三十年,著有《历代史略词话》,这首词是其中《说秦汉》的开场词。

251

新年诗

王安石:爆竹声中一岁除,春风送暖入屠苏。千门万户瞳瞳日,总把新桃换旧符。

史青:今岁今宵尽,明年明日催。寒随一夜去,春逐五更来。

赵孟頫:田家重元日,置酒会邻里。大小易新衣,相戒未明起。

汤显祖：拜罢先祠颂老亲，椒花滴酒翠盘新。

台湾胡越：每逢除夕思乡多，西望故园奈老何；历尽沧桑游子泪，隔窗和雨共滂沱。

加拿大李大光：忆昔儿时旧历年，围炉岁夜不知眠；香甜糖果随心取，可口糍粑任烤煎。

252

隐喻诗

唐朱庆余呈张籍："洞房昨夜停红烛，待晓堂前拜舅姑。妆罢低声问夫婿，画眉深浅入时无？"

张籍回答朱庆余："越女新妆出镜心，自知明艳更沉吟。齐纨未足时人贵，一曲菱歌敌万金。"

这不是爱情诗，而是朱在考试前向张探问虚实，张回答：你很好，不必担心。都用隐喻方法表达。（戚雨村）

253

辘轳体诗

十三字写成一个圆圈,可以读成各种体裁,称为"辘轳体诗":

(1)三言:月,曲如钩,上画楼。帘半卷,一痕秋。

(2)四言:月曲如钩,钩上画楼。楼帘半卷,卷一痕秋。

(3)五言:秋月曲如钩,如钩上画楼。画楼帘半卷,半卷一痕秋。

(4)一痕秋月曲如钩,月曲如钩上画楼。钩上画楼帘半卷,楼帘半卷一痕秋。

(5)十六字令:秋,月曲如钩上画楼。帘半卷,半卷一痕秋。

(6)反读:秋痕一卷半帘楼,卷半帘楼画上钩,楼画上钩如曲月,秋。(《汉语拼音小报》)

254

百柳诗

河南新野有清人李青的《百柳诗》碑。上有七绝百首,题为:新柳、古柳、弱柳、将绽柳、垂阴柳、飞絮柳、雨柳、烟柳、雪柳、啼莺柳、桃源柳等等。兹录二首：

春柳：金粉半消丝渐长，丰姿濯濯比玉郎；间紫添红春意闹，舞风常带百花香。

种柳：门对清溪东有桥，春风草堂远尘嚣；闲得种柳溪门外，好听玉莺弄玉箫。（蒚磊）

255

吊白居易

五代时期的笔记《唐摭言》载，唐宣宗李忱吊白居易（772—846）诗："缀玉联珠六十年，谁教冥路作诗仙。浮云不系名居易，造化无为字乐天。童子解吟长恨曲，将军能唱琵琶篇。文章已满行人耳，一度思卿一怆然。"

256

咏秋诗

秋景、秋色、秋意、秋声。不同的心情，有不同的秋感。

楚国屈原的《离骚》、晋代潘岳的《秋兴赋》、宋代欧阳修的

《秋声赋》、现代峻青的《秋色赋》。抒写秋感是中国文学的传统。

悲秋：战国宋玉《九辩》"悲哉，秋之为气也，萧瑟兮草木摇落而变衰"。

喜秋：杜牧"远上寒山石径斜，白云深处有人家；停车坐爱枫林晚，霜叶红于二月花"。

苏东坡"荷尽已无擎雨盖，菊残犹有傲霜枝；一年好景君须记，最是橙黄橘绿时"。

257
咏柳

羡煞寒梅忒多情，依依相惜笑相迎；无烦彩笔描眉黛，不藉铅华着眼青；岁岁欣逢临曲陌，朝朝忆别话长亭；莺飞絮泊芳菲尽，一曲渭城伴雨听。(周凤樵，载《叙舟诗荟》)

258
物候诗

中国古代诗歌中包含物候资料，具有科学价值。例如：

杜审言:"独有宦游人,偏惊物候新;云霞出海曙,梅柳渡江春。"

杜甫:"感时花溅泪,恨别鸟惊心。""映阶碧草自春色,隔叶黄鹂空好音。"

韩愈:"草树知春不久归,百般红紫斗芳菲。"

物候规律是人的意志不能左右的:

晏殊:"无可奈何花落去","小园香径独徘徊"。

"庭树不知人去尽,春来还发旧时花"。

由北而南,物候变化。

贾思勰:"南北有差异,东西有分别。"

纬度越低、物候越早。例如:

吴融:"太行和雪叠晴空,二月郊原尚朔风。"(《金桥感事》,山西长治,北纬36度)

钱起:"二月黄莺飞上林,春城紫禁晓阴阴。"(长安,北纬34度)

李商隐:"二月二日江上行,东风日暖闻吹笙;花须柳眼各无赖,紫蝶黄蜂俱有情。"(成都,北纬31度)

孟云卿:"二月江南花满枝。"杜牧:"霜叶红于二月花。"(江南,北纬31度)

柳宗元："宦情羁思共凄凄，春半如秋意转迷；山城雨后百花尽，榕叶满庭莺乱啼。"（柳州，北纬24度）

地势越高，春来越迟：

欧阳修："春风疑不到天涯，二月山城未见花。残雪压枝犹有桔，冻雷惊笋欲抽芽。夜闻归雁生乡思，病入新年感物华。曾是洛阳花下客，野芳虽晚不须嗟。"（湖北峡州，今宜春东南，地势高于同纬度）(李嘉曾)

259
无韵诗

无韵为文，有韵为诗，这是中国的传统观念。

曹聚仁说："女子不着裙不失为女子；诗无韵不失为诗。"

章太炎说："女子，自然之物，不以着裙得名；诗乃人为之物，正以有韵得名。"

从中国现代文学的发展来看，无韵诗不因太炎先生的否认而不存在，但是终于未成磅礴的气势，是否与无韵有关。

太炎先生又说："樵歌小曲，亦无不有韵，此正触口而出，何尝自寻束缚耶。"(司马一勺)

260

咏愁

愁,是中国传统诗词的重要题目。"无病"也要"呻吟"。下面是宋石象之的《咏愁》:

来何容易去何迟,半在心头半在眉。门掩落花春去后,窗涵残月酒醒时。柔如万顷连天草,乱似千寻匝地丝。除却五侯歌舞地,人间何处不相随?

261

一字诗

1.一片一片又一片,两片三片四五片,六七八片九十片,飞入芦花都不见。(《咏雪》)

2.一去二三里,烟村四五家,亭台六七座,八九十枝花。(《郊游》)

3.一篙一橹一渔舟,一丈长竿一寸钩。一拍一呼复一笑,一人独占一江秋。(《垂钓》)

262
朝代诗词

朝代诗：唐尧虞舜夏商周,春秋战国乱悠悠。秦汉三国晋统一,南朝北朝是对头。隋唐五代又十国,宋元明清帝王休。

朝代词：夏商周,春秋战国秦,西汉新,公元界线平帝分。东汉三国西东晋,南北朝,隋唐五代宋辽金。元明清,民国寿命短,社会主义气象新。约计四千二百春。

263
送别诗

山中相送罢,日暮掩柴扉。春草明年绿,王孙归不归?(王维《山中送别》)

南浦凄凄别,西风袅袅求。一看肠一断,好去莫回头。(白居易《南浦别》)

劳歌一曲解行舟,红叶青山水急流。日暮酒醒人已远,满天风雨下西楼。(许浑《谢亭送别》)

(以上三首诗有普通话翻译,见《汉语拼音小报》1990－04－05)。

264

离恨诗

离恨诗,意近送别诗,一般写夫妇分离之恨。另一种,写官员被贬之恨。韩愈(768—824)和柳宗元(773—819)各有一首离恨诗,写被贬之恨。韩愈反对迎佛骨而被贬,柳宗元主张革新而被贬。"文化大革命"时期,受迫害的干部和知识分子最爱读这两首诗,响起了超时代的共鸣。

韩愈《左迁至蓝关示侄孙湘》:

一封朝奏九重天,夕贬潮阳路八千。

欲为圣明除弊事,肯将衰朽惜残年?

云横秦岭家何在,雪拥蓝关马不前。

知汝远来应有意,好收吾骨瘴江边。

柳宗元《登柳州城楼》:

城上高楼接大荒,海天愁思正茫茫。

惊风乱飐芙蓉水,密雨斜侵薜荔墙。

岭树重遮千里目,江流曲似九回肠。

共来百粤文身地,犹自音书滞一乡。

265
声韵母诗

（声母诗）春 ch 日 r 起 q 每 m 早 z，

采 c 桑 s 惊 j 啼 t 鸟 n；

风 f 过 g 扑 p 鼻 b 香 x，

花 h 开 k 落 l，知 zh 多 d 少 sh。

（韵母诗）人 en 远 üan 江 iang 空 ong 夜 ie，

浪 ang 滑 ua 一 i 舟 ou 轻 ing；

儿 er 咏 iong 诶 ê 唷 io 调 iao，

橹 u 和 e 嗳 ai 啊 a 声 eng；

网 uang 罩 ao 波 o 心 in 月 üe，

竿 an 穿 uan 水 uei 面 ian 云 un；

鱼 ü 虾 ia 留 iou 瓮 ueng 内 ei，

快 uai 活 uo 四 - i 时 - i 春 uen。

266
回文诗

文言可作回文诗，白话困难，因为文言多单音词，白话多复音词。汉语可作回文诗,外语困难,因为汉语无词尾,外语多词尾。而且,汉语文言单音词容易改变词性。

苏东坡《记梦》:

> 空花落尽酒倾漾,日上山融雪涨江。
>
> 红焙浅瓯新火活,龙团小辗斗晴窗。
>
> 窗晴斗辗小团龙,活火新瓯浅焙红。
>
> 江涨雪融山上日,漾倾酒尽落花空。

今人也有作回文诗的,例如周梦贤(名飞熊,现住北京)《病起失学》:

> 秋窗满落叶,瘦影惊斜日。
>
> 楼上怯深寒,愁怀更寂寂。
>
> 寂寂更怀愁,寒深怯上楼。
>
> 日斜惊影瘦,叶落满窗秋。

英文也有回文游戏,例如:ABLE WAS I ERE I SAW ELBA. 可以倒过来念。

267

夫妻互忆回文诗

宋代李禺《夫妻互忆回文诗》,顺读为"夫忆妻",倒读为"妻忆夫"：

枯眼望遥山隔水，往来曾见几心知。

壶空怕酌一杯酒，笔下难成和韵诗。

途路阻人离别久，讯音无雁寄回迟。

孤灯夜守长寥寂，夫忆妻兮父忆儿。

268
四季回文诗

清代女诗人吴绛雪作"四季回文诗"，绝妙，苏州弹词常常歌唱。

"春"：莺啼岸柳弄春晴，夜月明。

莺啼岸柳弄春晴，柳弄春晴夜月明；

明月夜晴春弄柳，晴春弄柳岸啼莺。

"夏"：香莲碧水动风凉，夏日长。

香莲碧水动风凉，水动风凉夏日长；

长日夏凉风动水，凉风动水碧莲香。

"秋"：秋江楚雁宿沙洲，浅水流。

秋江楚雁宿沙洲，雁宿沙洲浅水流；

流水浅洲沙宿雁，洲沙宿雁楚江秋。

"冬"：红炉透炭炙寒风，御隆冬。

红炉透炭炙寒风，炭炙寒风御隆冬；

冬隆御风寒炙炭，风寒炙炭透炉红。

269

《切韵》

做诗要押韵。押韵要查字韵。按照字韵编辑的字书叫做"韵书"。

《切韵》作者为陆法言，书成于隋代仁寿元年（601年），距今一千三百多年。韵书最早作于三国时代。南北朝时代有多种韵书，但是，南朝和北朝的取韵标准不一致。隋统一以后，需要有一部南北通用的韵书，《切韵》就应运而生。《切韵》是参酌南北韵书而编定的。取韵标准，"不是单纯以某一地区的方言为准，而是由南北儒学之士共同讨论而得"；"语音系统是以一个方言的语音系统为基础（可能是洛阳话，一说是长安话），同时照顾古音系统的综合音系"（参看《中国语言学史》）。后来，《切韵》也久已失传，到1947年，故宫博物院在清理图书中重新发现：唐写本王仁昫《刊谬补缺切韵》（曹先擢、杨润陆《古代词书讲话》）

270

《广韵》

宋太宗雍熙三年（986年），命陈鄂等校订《切韵》，编成《雍熙广韵》；真宗时，又命陈彭年等再作修订，于大中祥符元年（1008年）完成，命名《大宋重修广韵》，简称《广韵》。"广"是扩充的意思，是对《切韵》的扩充。

《切韵》本来分一百九十三韵，收一万两千一百五十字。《广韵》分二百零六韵，收两万六千一百九十四字。字的排列法：先排韵母，再排声母。这是最早的"音序"排列法。后来公布"注音字母"（1918），改为先排声母，后排韵母。更后公布《汉语拼音方案》（1958），改为按字母表排列。这是"音序"排列法的历史演变。

《广韵》的历史价值，在于它反映了中古时期的汉语语音系统，这对研究汉语古音有重大贡献。北宋重修《广韵》，明代修订《洪武正韵》，清代修编《康熙字典》，历代重视语文的统一和规范化。这是我国的优良传统。

271

武侯祠对联

成都武侯祠对联:"能攻心则反侧自消,从古知兵非好战;不审势即宽严皆误,后来治蜀要深思",清光绪二十八年(1902年)赵藩撰。赵藩(1851—1927),字樾村,白族人,籍贯云南剑川。他以此联讽谏当时总督岑春煊,反对岑用武力镇压红灯教,被岑罢官,晚年回滇著书,编纂《云南丛书》等。(孙晓芬)

272

字母灯谜

灯谜是有中国特色的游戏。拉丁字母做灯谜,说明"拼音方案"使拉丁字母变成了"中国字母"。举例:

"AOP"打一字(命)。

甬剧名"半把尖刀"打一个字母(b)。

粤剧名"彩云追月"打一个字母(Q)。

外国电影名"金环蚀"打两个字母(AC)。

"直角、锐角、对顶角、内错角"分别打四个字母(L,V,

K，Z）。

"山横水半流"打两个字母（E，K）。

273

长兴茶谜

浙江长兴，民俗重茶，喜作茶谜。例如：

言对青山青又青，两人土上说原因。三人牵牛缺只角，草木之中仅一人。（请坐、奉茶）

一只无脚鸡，立着永不啼。喝水不吃米，客来把头低。（紫砂茶壶）（《浙江日报》）

274

回文联

回文联好的不多，趣味也不如回文诗。举例如下：

1. 风送香花红满地，雨滋春树碧连天。

   天连碧树春滋雨，地满红花香送风。

2. 雾锁山头山锁雾，天连水尾水连天。

红日千载千日红,青年万代万年青。

3. 上海自来水来自海上。

江西流沙河沙流西江。

4. 香山碧云寺云碧山香。

黄山落叶松叶落山黄。

275

苏州园林对联

拙政园雪香云蔚亭对联:蝉噪林愈静,鸟鸣山更幽。

艺圃朝爽亭对联:漫步沐朝阳,满园春光堪入画;登临迎爽气,一池秋水总宜诗。

梧竹幽居亭对联:爽借清风明借月,动观流水静观山。

沧浪亭翠玲珑对联:风篁类长笛,流水当鸣琴。

留园五峰仙馆对联:历宦海四朝身,且住为佳,休辜负清风明月;借他乡一廛地,因寄所托,任安排奇石名花。

曲园乐知堂对联:三多以外有三多,多德多才多觉悟;四美之光标四美,美名美寿美儿孙。(林棣)

276

侨馆楹联

美国旧金山中华会馆：客地谈心，风月多情堪赏览；异乡聚首，琴樽可乐且追寻。

马来西亚怡保兴安会馆：兴吾业，乐吾群，敬吾桑梓；安此居，习此俗，爱此河山。

印度加尔各答华人商会：先辈声名满四海，后来兴起望吾曹。

新加坡虎豹别墅（郁达夫书）：爽气自西来，放眼得十三湾烟景；中原劳北望，从头溯九万里鹏程。

日本横滨中华会馆：福地枕蓬壶，采药灵踪，仙去尚留秦代迹；好风停佳棹，扶桑乐土，客来重访赖公碑。

泰国三保公庙：七度使异邦，有明盛纪传海域；三保驾慈航，万国衣冠拜故乡。

277

地名联

抗战胜利后，有人以地名作对联，如下：

中国捷克日本；

南京重庆成都。

278

林则徐祠对联

福州澳门路林则徐祠有林自写的对联，其中一副：

子孙若如我，留钱作什么？贤而多财，则损其志；

子孙不如我，留钱作什么？愚而多财，益增其过。

279

国外友人悼鲁迅

1936年鲁迅逝世。日本友人左藤村夫的挽联："有名作，有群众，有青年，先生未死；不做官，不爱钱，不变节，是我良师。"美国记者斯诺的挽联："译著尚未成功，惊闻陨星，中国何人领《呐喊》？先生已经作古，痛忆旧雨，文坛从此感《彷徨》！"

280

冷泉

杭州灵隐寺外有一冷泉,与飞来峰相望。联曰:"泉自几时冷起,峰从何处飞来。"

有人对曰:"泉自冷时冷起,峰从飞处飞来。"

又有人对曰:"泉自有时冷起,峰从无处飞来。"(喻丽清)

281

动物联二则

"柳影映池鱼游树,天光入水鸭穿云。"

"驼背桃树倒开花,蜜蜂仰采;瘦脚莲蓬歪结子,白鹭斜视。"(智友)

282

叠字联

杭州九溪十八涧:重重叠叠山,曲曲环环路;高高下下树,冬冬丁丁泉。

济南趵突泉：佛脚清泉，飘飘飘飘，飘下两条玉带；源头活水，冒冒冒冒，冒出一串珍珠。

苏州网师园：风风雨雨，暖暖寒寒，处处寻寻觅觅；莺莺燕燕，花花叶叶，卿卿暮暮朝朝。

杭州西湖断桥残雪处：断桥桥不断；残雪雪不残。

奉化"休休亭"：行行行，行行且止；坐坐坐，坐坐无妨。

283

杭州叠字联

杭州"西湖天下景"亭上叠字联：水水山山处处明明秀秀；晴晴雨雨时时好好奇奇。

西湖花神庙叠字联：翠翠红红，处处莺莺燕燕；风风雨雨，年年暮暮朝朝。

西湖湖心亭叠字联：台榭漫芳塘，柳浪莲房，曲曲层层皆入画；烟霞笼别墅，莺歌蛙鼓，晴晴雨雨总宜人。

杭州回照阁叠字联：面面有情，环水抱山山抱水；心心相印，因人传地地传人。

284

高考考对联

1932年,清华大学入学考试,考对联。陈寅恪出题:上联"孙行者"。考生周祖谟对"胡适之"。

1987年高考题。以"梨花院落溶溶月"为上句,要求考生在下面四句中指出下句:(a)柳絮池塘淡淡风;(b)榆英临窗片片雪;(c)带水芙蓉点点雨;(d)丁香初绽悠悠云。(答案:"a")。

1992年高考题。上句"疏影横斜水清浅",要求指出下句:(a)暗香浮动月正明;(b)暗香浮动月断魂;(c)暗香浮动共金樽;(d)暗香浮动月黄昏。(答案:"d")。

考生说:八股何时了!(黄炳麟)

285

从一到十

从一到十的数字联有种种。下举两例:

一叶孤舟,坐了二三个骚客,启用四桨五帆,经过六滩七湾,历尽八颠九簸,可叹十分来迟。

十年寒窗，进过八九家书院，抛却七情六欲，苦读五经四书，考了三番两次，今天一定要中。

286
教师婚联

恋爱自由无三角，人生幸福有几何。（数学教师婚联）

爱情如几何曲线，幸福似小数循环。（数学教师婚联）

恩爱天长，加减乘除难算尽；好合地久，点线面体岂包完。（数学教师婚联）

大圆小圆同心圆，心心相印；阴电阳电异性电，性性吸引。（几何、物理教师婚联）

恩爱如植物，萌发生长开花结果；婚恋贵同心，精诚团结播种育苗。（生物教师婚联）

常慕连理花并蒂，今效鸳鸯蝶双飞。（植物、动物教师婚联）

1234567，ABCDEFG。横批：OK。（音乐、外语教师婚联）

室内容古今中外，琴中飞1356。（历史、音乐教师婚联，1356是乐符）

287

同部首的对联

烟锁池塘柳,

炮镇海城楼。

上面是广东虎门的一副对联,部首包含"金木水火土"。

288

剃头店对联

从前,有两家剃头店。一家生意好,一家生意不好。什么道理呢?原来,这两家剃头店都挂着对联。一家挂的是:"问天下头颅几许?看老夫手段如何!"客人被吓走了!另一家挂的是:"到来尽是弹冠客,此去应无搔首人。"客人安心!

289

科学对联

1.数学对联:北斗七星,水底连天十四点;南楼孤雁,月中带影一双飞。

2. 植物对联：蒲叶桃叶葡萄叶，草本木本；梅花桂花玫瑰花，春香秋香。

3. 天文对联：天气大寒，霜降屋檐成小雪；日光端午，清明水底见重阳。

4. 中医对联：稚子牵牛耕熟地，将军打马过常山。

5. 物理对联：水底日为天上日，眼中人是面前人。

290

湘西情歌

湘西多情歌，这里是两首。

其一：十七十八头发多，又会梳来又会摸；又会绣花织带子，又会斜眼看哥哥。

其二：高坡起屋不怕风，有心恋郎不怕穷；只要两人情意好，冷水泡茶慢慢浓。

卷四

291

过去、未来、现在

这三个常用时间词原来是佛教术语。佛教认为,人的一生有"三世":"过去世"、"未来世"、"现在世"。此外,"刹那"、"念"、"瞬"、"弹指"、"须臾",也是佛教时间词。(梁晓虹)

292

科学与技术的区别

任务不同。科学:认识世界,探求客观真理,揭示事物的发展规律。技术:改造世界的物质手段和信息手段。

形态不同。科学:表现为知识。技术:表现为物质。

目的不同。科学:寻求"是什么"、"为什么"。技术:寻求"做什么"、"怎么做"。

选题不同。科学:从发展自身的逻辑中选题。技术:从经济发展的要求中或者从方案实施的过程中选题。

管理不同。科学:柔性的、松散的。技术:保密的、严格的。

革命形式不同。科学革命(两次):一、16世纪以哥白尼、伽利略、牛顿等人为代表的宏观世界研究；二、20世纪以来的微观世界研究。技术革命（三次）：一、蒸汽机，二、电机，三、微电子。

评价标准不同。科学注重"深"。技术注重"新"。

功用不同。科学没有眼前的、近期的经济效益。技术能提供明显的经济效益。（《中国广播报》）

293

狼烟信息

长城上的烽火台，是古代传递信息（警报）的设施。点燃烽火用狼粪，所以叫"狼烟"。传说：周幽王为博褒姒一笑，点燃烽火，从此失去了烽火的信用。"信息"要有"信用"。老百姓只能被欺骗一次。

294

发现龙藏经

1982年，北京白塔寺进行修缮，发现塔中藏有整套乾隆年间拓印的《大藏经》，共七百二十四函，七千二百四十册。这部被称为"龙藏经"的中国佛教大百科全书,是雍正十一年到乾隆三年的刻版,收佛典一千六百七十五部,耗资白银八万两,只印过三次,传世一百多部。各处所藏,都已残破。奇怪的是,把这部经从塔中取出来的时候,忽然狂风大作,刮去七百多册,无法找回,成为一大遗憾。原来的经版是樟木制成,藏于北京石刻艺术博物馆,经历二百五十年,保存完好。(《人民日报》海外版)

295
金三角的普通话

国民党将领李弥,在淮海战役中失败之后,率领部分军队占据中缅泰三国交界处的"美斯乐"地区。这个地区有台湾两倍大,崇山峻岭,进出极难。他们在此三不管的土地上种植鸦片,建立一个"国外之国",被称为"金三角"。现在传到他们的第三代,改变种植鸦片为种植茶叶,并且把这个世外桃源对外开放,兴办旅游事业。记者参观此地,看到这个属于泰国的地区,居民说普通话,到处有中文招牌。(《参考消息》)

296

标点符号的引进

标点符号作为汉语书面语的组成部分,还不到一个世纪。1897年,广东东莞人王炳耀最先根据我国断句法,吸收外国新式标点,草拟了十种标点符号。1904年,商务印书馆出版最早的标点书籍《英文汉诂》。1920年,北洋政府通告全国采用十二种新式标点符号。1928年,上海出版新式标点符号的《史记》和《红楼梦》,开标点古籍的先河。1990年,国家语言文字工作委员会和新闻出版署发布新修订的《标点符号用法》。

297

基欺希

张清常《比比看》(《世界汉语教学》1990.1)中说:"16世纪利玛窦、金尼阁时代,北京音还没有产生舌面前塞擦和擦声;19世纪北京音已经有了三套塞擦和擦声:一是舌尖前的(汉拼z c s),二是卷舌的(汉拼zh ch sh),三是舌面前的(汉拼j q x)。"近代设计汉语字母,都遇到如何拼写这三组声母的"难题"。

50年代拟定《汉语拼音方案》时候,两种不同主张相持很久:一种主张用"知耻始"兼代"基欺希"(接近威妥玛式和国语罗马字),另一种主张用"格克赫"兼代"基欺希"(接近北方话拉丁化新文字)。最后解决:放弃兼代,各自独立,分别写成:G K H, ZH CH SH, J Q X。

298

中文横排

1915年1月,《科学》月刊创刊号开始全部横排,并采用新式标点符号。1916年1月,该刊发表胡适《论句读及文字符号》。(《光明日报》)

299

条形码

在商品包装上,在挂号邮件上,在图书封底上,常常看见黑白相间的线条标志,这叫做"条形码"。它是一种"印刷型机读文字",表示物品分类和其他有关信息。只要把"条形码"在电脑扫描器上移动一下,就可以自动记账、开发票、计算销售量和库存量,进行各种管理工作。这种电子技术正在推广到全世界的商店、工厂和机关。(《文字比较散论》)

300
条形码的结构

黑白相间的条文,如何代表文字呢?方法是:黑白条子表示"二进位"(0和1),"二进位"表示"字母","字母"表示文字。

例如,黑条代表1,白条(空白)代表0,双倍宽度代表11或00。又如,单位宽度的黑条或白条代表0,双倍宽度的黑条或白条代表1。

一组条形码包含几个段落。例如:S XXXXX YYYYY C,代表"系统码"、"厂家码"、"商品码"、"检验码"。又如:SSS XXXX YYYYY C,代表"地区码"、"厂家码"、"商品码"、"检验码"。(同上)

301

条形码的来历

1949年美国人J. Woodland发明条形码。1962年,美国把条形码用于工业。1973年,美国制定UPC(Universal Product Code),不久成为世界通用的商品代码。1974年产生字母和数码两种字符的条形码("39码")。1976年,西欧共同体制定EAN(European Article Numbering)。1986年,条形码普及于国际商业。

1985年,中国挂号邮件采用条形码。1991年,中国加入EAN,国别编号为690。(同上)

302

国徽文字

许多国家的国徽上写着文字。

有的表明宗教信仰。巴基斯坦国徽:"虔诚、统一、戒律"。摩洛哥:"如果你们相信真主,他就帮助你们"。约旦:"真主给他带来幸福和帮助"。

有的宣示政治信仰和社会准则。中非:"天下人人平等"。洪都拉斯:"自由、主权、独立"。乍得:"团结、劳动、进步"。突尼斯:"秩序、自由、正义"。

有的讴歌祖国。新加坡:"前进吧,新加坡"。牙买加:"出类拔萃,一个民族"。尼泊尔:"祖国胜于天堂"。不丹:"光荣的不丹不可战胜"。苏丹:"胜利属于我们"。

有的寄托人民的心愿。文莱:"和平之城,文莱"。博茨瓦纳:"雨水和财富"。莱索托:"和平、雨露、丰饶"。

有的概括地理特征。加拿大:"从大海到大海"。毛里求斯:"印度洋上的明珠和钥匙"。西班牙:"海外还有大陆"(指发现新大陆美洲)。

有的取自谚语。马来西亚、比利时、海地、南非:"团结就是力量"。智利:"依靠公理和武力"。巴拿马:"为了全世界的利益"。安提瓜和巴布达:"人人全力以赴,才能取得胜利"。塞舌耳:"有志竟成"。印度:"真理必胜"。摩纳哥:"天助我治"。印尼:"殊途同归"。

有的表示君权至上。汤加:"我继承的是上帝和汤加的财产"。斐济:"敬畏上帝,尊崇国王"。荷兰:"维护和捍卫拿骚家族"。

国徽文字反映了政体的不同和社会发展水平的差异:神权、君权、独裁、民主。

303

以色列的教育

以色列有人口三百九十八万（1982年）。

学制：学前教育三年，小学六年，初高中各三年，大学四至五年。免费十一年（学前一年，小学六年，初中三年，初中后一年）。在校学生为全国人口的1/3。每十万人中，有在校大学生两千七百六十九人，仅低于美国和加拿大。

1987年出版图书两千四百八十一种（不包括教科书和再版本）。全国有图书馆一千多所，平均不到四千人有一所。

在诺贝尔奖获得者中，犹太人占15%。

世界名人有爱因斯坦、弗洛伊德、马克思等。

304

黄遵宪

黄遵宪《杂感诗》："……我手写吾口，古岂能拘牵；即今流俗语，我若登简编；五千年后人，惊为古斓斑"。

黄遵宪（1848—1905），字公度，广东嘉应州（今梅州市）

人，光绪举人，历任驻日英参赞及旧金山、新加坡总领事；参加戊戌变法，奉命出使日本，未行而政变起，罢归。他这首诗写在1868年（清同治七年），时年仅二十岁，比卢戆章在1892年发表《切音新字厦腔》早二十四年。他主张"我手写吾口"，表现"古人未有之物，未辟之境"。

305

公历

"儒略历"（"尤利乌斯历"）起初跟基督教无关。325年，基督教采用"儒略历"；6世纪起以耶稣诞生之年作为纪元（实际差四年）。1582年，教宗（教皇）格里高利（Gregory）修改历法，在基督教国家中称为"格里高利历"。19世纪以后应用扩大到非基督教国家（日本、中国等），起初称"西历"，后来称"公历"。

306

俄历

中国书本上都说，十月革命发生在"俄历"1917年10月，所以称为"十月革命",相当于公历11月。其实,俄国并没有"俄历"。16世纪欧洲通行"格里高利历"之后,俄国仍旧使用"儒略历"。直到"十月革命"之后,苏联于1918年2月14日,才开始采用"格里高利历"("公历")。因此"十月革命"是按"儒略历"而定名。

307

匈牙利寻根

匈牙利语跟亚洲语言有相似之处,传说匈牙利人是匈奴之后。苏联时代,官方教科书中硬说匈牙利人的祖先来自俄罗斯的乌拉尔山脉。苏联解体后,匈牙利掀起一股寻根热,到中国西北新疆等地寻找祖先的踪迹。(《北京晚报》)

308

硬件和软件

硬件是有形的实体,软件是无形的功能。

人体:脑袋是硬件;语言、思想和知识是软件。教育的作用是补充新的软件。

音乐：钢琴是硬件；乐谱是软件。钢琴缺少乐谱就无法演奏出音乐来。

电脑：电子电路、存储器、输入输出设备等是硬件；算法、计算程序、编码等是软件。电脑发挥功能，依靠软件的不断创造和更新。(《电视报》)

309

光盘

光盘(CD‐ROM)风靡世界。中国科技界叫它"CD‐ROM"，不大说"光盘"。它的特点是：1.存储量大，一片光盘可以存储三十万页文本。2.承载方式多，文字、图像、声音、动画、全动视频，完美地结合在一起。

光盘是"多媒体"的"纸张"。

"纸张"经过了多次演变：泥土纸张、石头纸张、甲骨纸张、竹木纸张、皮革纸张、布帛纸张、纤维纸张。这些纸张都有重量，存储量比较小。

20世纪60年代发明"磁介质"以后，1984年产生出"光盘"。它是没有重量、存储量非常大的"电子纸张"。它是纸张的否定、纸张的革命。

310
吟诵艺术

中国的诗词一向是"吟诵"的,不是"朗读"的。《红楼梦》(电视剧)中的贾宝玉,隔墙"朗读"诗句给妙玉听,这不符合"红楼梦时代"的习惯。只有"吟诵"可以把诗声和诗情送到在一定距离以外的栊翠庵里去。

吟诵是中国的一种古老艺术。它是介于朗读和歌唱之间的一种诵读方式。吟诵不同于朗读:朗读只能表达语言,吟诵还要表达情调。吟诵又不同于歌唱:歌唱重视遵守曲调,吟诵可以在各地不同的基本曲调之中随意变化。吟诵今天在青年人中失传了,但是还有不少老年人没有忘记。

311
尺寸和人身

在科技发达之前,长度用身体来衡量。

《史记》：禹"身为度"，身长为丈，十一为寸。《大戴礼》："布手知尺，布指知寸。"中医用拇指的宽度为寸。男人称"丈夫"，因为身长就是一丈。

在英国，"英尺"（foot）就是"脚"的长度。古罗马以士兵行走两千步为一个罗马里。查理曼一世规定，他的脚长就是新罗马尺的标准。古希腊以美男子库里斯伸开双臂的两手中指指尖的距离为长度单位，相当于身长。古埃及以法老的肘拐至中指尖的距离为"腕尺"，金字塔就是按这种长度单位计算建造的。

312
干旱灭亡古文化

中美洲古代的玛雅文化，发展于公历纪元前后的尤卡坦，后来扩大到现在的墨西哥、伯利兹和危地马拉。公元750—900年间，玛雅文化忽然灭亡。考古发现，公元800年时候，这里发生严重干旱，城市荒废，壮者散而之四方。玛雅文化由于干旱而灭亡。这跟新疆许多古代城市国家的命运如出一辙。

313
十大道德范畴

中国传统有十大道德范畴：

忠："尽己之谓忠"，忠于祖国、忠于人民、忠于职守。

孝：孝顺父母是家庭道德的基础。

仁："仁者爱人"；同情心、慈悲心，是人性的根本。

义：正义感、原则性，代表全局的公共利益。

礼：文明礼貌、时代礼仪，维系社会的秩序。

诚：真挚、实在、坦率；"诚实是上策"。

信：守诺践约，交友之道，立业之道。

廉：不苟取、有节操；贪赃必枉法，廉洁则奉公。

耻：羞愧之心；"知耻近乎勇"；知耻是道德的生机，无耻是道德的死亡。

恕：宽厚、理解，将心比心、推己及人；"己所不欲、勿施于人"。（牟钟鉴）

314

七大首都

中国自古到今有"七大首都":

1.西安。西周的"丰"、"镐";秦的"咸阳";西汉、北朝和隋唐的"长安"。作为首都共约七百年。

2.北京。燕国都城"蓟";唐安史时期称"燕京";辽改称"南京幽都",后又改为"析津府";金称"中都大兴府";元称"大都";明称"北平府",后改称"北京"。作为首都,在新中国成立之前,共约六百六十年。

3.洛阳。西周的"洛邑",东周的"成周";汉魏隋唐的"洛阳"。前后定都有十一个朝代,长达八百八十多年。

4.南京。六朝的"建业"、"建康",包括"石头城";五代称"金陵",后改"江宁";明称"应天府",后改称"南京";太平天国称"天京";国民党又称"南京"。作为首都共约四百四十多年。

5.开封。战国时期魏迁"大梁";北朝置"梁州",后改"汴州";五代的后梁、后晋称"开封府";北宋正式称"开封",或称"汴京"、"汴梁"。作为首都共二百二十一年,其中作北宋首都一百六十七年。

6. 安阳。"殷"和"邺都"是安阳的前身。盘庚迁"殷",成为商都,毁后称"殷墟";东北四十五里有六朝的"邺都",是曹魏、后赵、前燕、东魏、北齐的首都;北周以"邺"为"相州";杨坚毁邺都,迁于"安阳城"(五代的唐、晋、汉又有所谓"邺都",不是魏晋的旧邺都。《三都赋》:成都、建业、邺都)。"安阳"(殷)是中国最早的首都,年代难计。

7. 杭州。五代割据江浙的吴越国以杭州为首府,称"西府";南宋迁都"杭州",称为"行在"(不忘北返),长达一百三十八年。(谭其骧《长水集》)

315
烹饪技法

中国是"烹饪之国"。"烹饪技法"有三十多种。例如:"煮、蒸、炒、焯、烤、烧、炖、爆、煎、炸、烹、溜、贴、焖、熬、煨、熏、卤、腌、拌、涮"等,而一法又分多式,如"烧"有"红烧、干烧、葱烧、酱烧、糟烧"等,"爆"有"油爆、汤爆、葱爆、盐爆、酱爆"等。法国厨师望尘莫及。(赵永新)

316
文化和词义

文化背景不同,词义解释各异。例如:"个人主义",在西方,代表人格的解放,民主的基础;在东方,表示自私自利,无视集体。(谭志明)

317
豆腐始于汉代

相传,豆腐为淮南王所发明,学者认为始于唐五代。近年,河北满城中山王墓出土水磨,河南密县打虎亭汉墓出土画像石《豆腐作坊图》,证明豆腐始于汉代。五代前的文献未见"豆腐",因为当时称"酪"或"啜菽",后来才称"豆腐"。(黄金贵)

318
墨猴

福建武夷山发现墨猴。墨猴体小而伶俐,善解人意,能助人磨墨,取笔,递纸。清《武夷山志》:"珍猴小巧,大仅如拳"。宋朱熹住武夷山时,饲养墨猴。民国初年,北京王公蓄墨猴。久已不见,今又发现,应当饲养繁殖。

319

大语种的未来

英国文化协会发表2050年时,十五岁到二十五岁青少年使用大语种的情况预测,如下:

(大语种)	(1995使用人数)		(2050预测使用人数)	(2050位置第几位)
汉语	2.16亿	减少到	1.66亿	第一位
印地语或乌尔都语	5980万	增加到	7370万	第二位
阿拉伯语	3950万	增加到	7270万	第三位
英语	5170万	增加到	6500万	第四位
西班牙语	5800万	增加到	6280万	第五位

英语的环球主导地位没有很快下降的危险。以英语为第二语言的人数在今后十年里将超过以英语为母语的人数。(《青年参考》)

320

挽救小语种

英国的"威尔士语"跟"英语"很不相同,不属于同一语族。英王吞并威尔士,1536年宣布废除威尔士语,可是语言是无法用命令废除的。威尔士人一直为保存他们的语言而斗争。

人口流动,说威尔士语的迁出,说英语的迁入,今天住在威尔士的二百五十万人中,能说威尔士语的只有五十五万人了,而每年有五万多人继续迁出。新闻说,威尔士语很快就要消失了,威尔士人正在努力挽救。

最近从日本回来的人说,日本方言几乎消失,也在做挽救工作。

在教育发达国家里,兴起挽救小语种和小方言运动,因为他们的语言"太"统一了。有人认为,中国应当以他们为"前车之鉴",放弃推广普通话。其然乎,其不然乎?

321

英语的发展

英语的发展分期:1.古英语(5—12世纪);2.中古英

语（12—15世纪）；3.现代英语（15世纪—现在）。又分：a.早期现代英语（1700年前），b.现代英语（1700年后）。

5世纪时，盎格鲁人、萨克逊人和朱特人侵入不列颠岛，他们说三种西日耳曼语的方言，后来逐渐变成四种古英语的方言：肯特方言、萨克逊方言、盎格鲁方言（分为墨西里亚方言和诺散伯里亚方言）。12世纪，诺曼人征服英国，法语成为官方语言。1362年，英国国会和法庭改用英语。这时候，拉丁语是教会和学术语言，而英语是民间底层语言，分为北部、西中部、东中部、南部和东部五种方言。

英语罗曼语化，乔叟使用八千个词，一半来自法语。早期英语时期，英语产生大量杰出的作品，要求纯洁和净化英语。18世纪，英语进行整顿巩固、规范化、标准化。

1755年，塞缪尔·约翰逊出版《英语词典》，开始现代英语的标准化，这是英国进入工业化的需要。后来在19世纪，英语达到高度规范化和标准化。（彭菲）

322

英语三个圈

有人把使用英语的国家分为三个圈子：

（1）内圈：英国、澳大利亚、加拿大、爱尔兰、新西兰、美国，这些国家以英语为母语者占总人口的87.64%，共计人口约三亿两千八百万，占世界人口的5.3%。

（2）外圈：印度（纯用英语十九万人，作为辅助语两千五百万人，共占总人口的4.56%）、苏丹、尼日利亚、新加坡（英语是官方语言之一）等新独立国家，人口共约十八亿五千万。

（3）扩张圈：英语作为国际交际媒介。

323

讲法语的国家

"法新社"巴黎1989－05－21电：目前讲法语的人数共约一亿二千万，居世界第十二位，次于汉、英、西、俄、阿、葡等。以法语为母语的大约七千五百万人，在欧洲的六千三百万。

欧洲除法国外，有五国以法语为官方语言：1.瑞士（又用德语和意大利语），2.比利时（又用佛兰芒语），3.卢森堡（又用德语和卢森堡语Letzeburgesch），4.安道尔（正式官方语言为加泰隆语Catalan），5.摩纳哥。美洲的加拿大以英语和法语为官方语言。

非洲以法语为惟一官方语言的有十二国：1.贝宁，2.布基纳法索，3.中非，4.刚果，5.科特迪瓦，6.加蓬，7.几内亚，8.马里，9.尼日尔，10.塞内加尔，11.乍得，12.多哥；作为官方语言之一的有九国：1.布隆迪，2.喀麦隆，3.科摩罗，4.吉布提，5.马达加斯加，6.毛里塔尼亚，7.卢旺达，8.塞舌耳，9.扎伊尔。

324
加拿大的法语运动

加拿大以英语和法语两种语言为官方语言。法语人口只占全国人口的30%，而这30%的法语居民中有80%居住在魁北克省。从60年代起，魁北克省政府要求以法语为该省的唯一官方语言。1977年，"法语宪章"正式通过，规定法语为魁北克省的唯一官方语言，实行"法语单语制"。

历史学家说：从"英法双语制"改为"法语单语制"，是历史的倒退。社会学家说：一个省独自实行单语制，是把自己封闭起来，跟广大的加拿大群众隔离，不利于经济和文化的发展。

325
法语的盛衰

12世纪,巴黎成为法国的首都,巴黎法语上升为法国的国家语言。在17、18、19世纪,法语成为国际活动的公用语言,盛极一时。但是,从20世纪起,法语的地位一步一步被英语所取代。"一战"后,法语是"国际联盟"两种官方语言之一,实际上法语地位比英语高。"二战"后,法语成为"联合国"六种官方语言之一,但是大大落后于英语。很多国际会议只用英语。法语盛极而衰,日益式微,但是困兽犹斗。历史观察家认为,历史风向转变了,法语的斗争将是徒劳无益的。(英文《世界的语文》1987)

326
德语超过了法语

欧洲企业对外语的需求,发生大变。德语超过了法语,成为第二大语言。第一次世界大战以前独步世界的法语,已经降到第三位。

"在整个欧洲,英语遥遥领先。所有公司的55%要求他们的工作人员掌握英语。令人吃惊的是，德语以20%紧跟其后，排在第二位。只有9%的人事部门领导人要求工作人员掌握法语。西班牙语只有3%。意大利语2%。俄语1%。"（德新社）

327

吴汝纶和国语

最早提到"国语"这个名称的，是清末京师大学堂总教习吴汝纶。1902年，他去日本考察学政，看到日本推行国语（东京话）的成绩，深受感动；回国后写信给管学大臣张百熙，主张在学校教学"王照"的《官话合声字母》，推行以"京话"（北京话）为标准的国语。

1909年，清政府资政院开会，议员江谦提出把"官话"正名为"国语"，设立"国语编查委员会"。1911年，学部召开"中央教育会议"，通过《统一国语办法案》。

1912年民国成立后，召开"临时教育会议"；1913年召开"读音统一会"，议定汉字的国定读音（"国音"）和拼切国音的字母"注音字母"。1919年"五四"运动之后，北洋政府教育部成立"国语统一筹备会"，并训令全国国民学校改"国文"科为"国语"科。

328

国语在台湾

1945年光复以后,台湾全面推行国语。1946年成立国语推行委员会,下设国语推行所。50年代开始,推行重点放在学校。60年代把山地乡村推行国语作为重点之一。推行国语跟扫盲相结合。经过二十年,国语在台湾已经普及。70年代规定,电视台每天的方言节目不得超过一小时,晚6点半以后的黄金时间,闽南话节目要限台限时播放。1976年规定广播用国语的比例,电台不少于55%,电视台不少于70%。90年代,台湾提倡台语,但是国语使用已经不可逆转。(仇志群)

329

台湾话和闽南话

一位台湾人初次来到闽南,听到大家说台湾话,大为惊奇!问:"你们什么时候学的台湾话?"原来,不是闽南人学了台湾话,而是台湾人大都说闽南话,因为他们的祖先是从闽南去的。

目前(1996),台湾说闽南话(厦门话)的有一千四百余万人,说客家话的有四百五十余万人。从西晋、南北朝到唐末、南宋,塞外民族入侵,中原大乱,一批又一批黄河与洛水的居民逃来闽南,被称为"河洛人"。另有不断的逃难者南迁江西、广东和福建,被称为"客家人"。他们的子孙迁移到台湾,说"河洛话"(福佬话)或"客家话"。(张克辉)

330
改说汉语的民族

改说汉语的中国少数民族,主要有:

满族。原有自己的语言。1644年入山海关,建立清朝,到1911年清亡,前后二百六十多年,满语消亡,改说汉语。目前(1992)只有黑龙江省少数地方的老人还能说满语。

畲(shē)族。公元7世纪集居广东潮州凤凰山,有本族语言。14世纪,客家人大批迁来广东,跟畲族杂居,经过三百多年,畲族改用客家话。现在能说畲语的只占人口的2‰。

回族。主要聚居于宁夏,信伊斯兰教(回教)。唐代以来,不同来源的外国来华商人,以及东迁的回纥(回鹘)人等,在中国逐渐混合而成回族。最初使用不同语言,到明代后期全说汉语。(钟胜)

331
冰岛的语言化石

英国报载：一千年来，冰岛语言几乎没有变化，它是"欧洲语言的化石"。

公元9世纪，斯堪的纳维亚的老百姓，不堪暴君压迫，逃到冰岛，与世隔绝，保存了欧洲最古老的语言。他们把"春天"说成"生长的季节"，把"人声嘈杂"说成"像鸟栖息的悬崖"。这是古老的传统。他们把"电话"说成"线"，把"电"说成"琥珀的能量"。这是新造的名词。四周国家的语言都变化很大，他们还说着只有祖宗能听得懂的语言。可是有人赞美说，这是保存传统文化的模范。

332
印第安语密码

二次大战，在太平洋海战中，美国所以能够战胜日本，有一个关键因素是，美国密码用印第安人的"纳瓦霍语"编制，日本无法解读。而日本的密码，美国都能解读。此事长期保密。直到1982年，总统里根表扬纳瓦霍印第安族密码员，并以8月14日

为"国家纳瓦霍密码日"。(菲律宾《世界日报》98 – 01 – 14)

333

印第安人来自亚洲

脱氧核糖核酸（DNA）的分析，证明美洲印第安人的遗传基因跟中国人相同。史前时期有过两次从亚洲到美洲的大迁移。第一次在二至四万年前的冰河时期，亚洲人经冰冻的白令海峡到达美洲。第二次在六千至一万两千年前，中国人南下越南，经菲律宾、斐济、波利尼西亚群岛，到达美洲。

考古发现，中国和秘鲁之间的交往，可能开始于三千年前的商周时代。秘鲁有十一个地名跟中国地名相同。印加帝国时期称国王为 Tawantisuyo，音意为"大皇帝陛下"（suyo，尊称），还有 Chinchaisuyo，音意为"钦差大臣"。秘鲁最古的文化是"查文文化"，这时期的文物中有额头带"王"字的人像、有大量蝙蝠图案的石雕、有类似"龙王碑"的石刻、有"九州图形"的大石碑。秘鲁北部的"卡哈马卡"文化，相当于中国唐朝时期，有特征跟中国相同的陶器、有相同于中国的丧葬习俗（例如"穴葬"和"守七"）、有近似中国金缕玉衣的金丝金帛衣物。出土文物为何如此相似，需要进一步研究（王权富）。此外，中美洲玛雅文化有用人的头发做的毛笔，有用树皮做的纸张。

334

智障和学障

"孩子智力正常，却无法了解数字的概念，二加三是多少，搞不清楚。母亲编了一套顺口溜，帮助孩子记忆：二加三跳舞（五）；二加七喝酒（九）……"

这不是"智力障碍"（智障），而是"学习障碍"（学障）。要弄清他的特质，找到他的潜能，使用适当的教育方式，就能弥补他的缺陷，使他同样教育成长。美国前副总统洛克菲勒有学习障碍，新加坡前总理李光耀有学习障碍，后来都成为杰出人物。（台湾《中国时报》）

335

作息时间

北欧把社会生活的重心放在上午；午餐用去半小时后，继续工作。南欧放在下午；午休传统保持不变。西班牙人22：30吃晚饭，这时候丹麦电视台已经向观众道了晚安。希腊人15:00以前为上午，22:00以前为下午，15:00—17:00以及凌晨2:00以后禁止噪音。20:00到荷兰人家作客，主人已经吃过晚饭，只招待一杯咖啡。罗马的银行和行政机关13:30下班，此后到处一片宁静，午休三小时。法国人一日三餐用九十分钟，英国人用七十分钟，丹麦人用三十分钟。

336

沐浴

"沐浴"，古称"湢"或"偪"。传说是帝喾发明的。这是指"室内沐浴"的"浴室"；至于室外沐浴，猴子就会在河里洗澡，不用发明。《礼记·儒行》："澡身浴德"。

秦始皇在咸阳宫建御用浴室，另有妃嫔使用的大浴室。东晋十六国后赵皇帝石虎在宫中建"四时浴室"。唐玄宗利用骊山温泉建杨贵妃的临潼华清池。宋代有民办的公共浴室，称"浴肆"或"香水行"。明代有新式"混堂"。明人郎瑛《七修类稿》说，男子"纳一钱于主人，皆得入澡焉"。清代浴室称"浴房"、"洗身屋"、"洗澡堂"。

佛教重视沐浴。每年阴历四月初八菩萨生日举行"浴礼"，谓

之"浴佛"或"灌佛"。佛事活动之前,和尚要"斋戒沐浴"。寺院里都有浴堂。(《星期天刊》)

337

教皇和蒙古汗的通信

1245年,罗马教皇派意大利方济各会士柏朗嘉宾(Jean de Plan Carpin,1180—1252)到上都和林,见蒙古汗,呈教皇书信。信中指责蒙古人:"所过杀戮,千里为墟,血流盈壑",询问蒙古大汗以后的意向。

蒙古汗复信说:"尔等居住西方之人,自信以为独奉基督教而轻视他人,然尔知上帝究将加恩于谁人乎?朕等亦敬事上帝,赖上帝之力将自东徂西,征服全世界也。"(《基督教史》)

338

印巴分书

1947年,英国离开印度次大陆。甘地主张统一,真纳坚持分立,结果是国家一分为二。国家财产也一分为二,大半归印度,小半归巴基斯坦。一部大英百科全书一分为二,单卷归印度,双卷归巴基斯坦。一部英语大辞典一分为二,A—K 归印度,L—Z 归巴基斯坦。一支一百二十万人的军队一分为二,三分之二归印度,三分之一归巴基斯坦。从此印巴成为死敌。(《世界百年风云录》)

339

三宝殿

人们常说"无事不登三宝殿"。什么叫做"三宝殿"?

"三宝殿"是佛教的"佛、法、僧"三个场所:

1. "佛",佛事活动场所,例如"大雄宝殿";

2. "法",珍藏佛经处所,例如"藏经楼";

3. "僧",和尚燕息(睡觉)之处,例如"寂静禅房"。(《辽宁青年》)

340

网络殖民主义

在互联网络上,英语占 90%,法语只占 5%。法国一位司法

部长生气地说：这是新形式的殖民主义："网络殖民主义"。(法新社97－04－12)

341
五大姓

第一中国姓，并非《吉尼斯世界大全》记载的"张"姓，而是"李"姓。"李"姓人口已经超过八千七百万，占汉族人口的7.9%。中国五大姓是：李、王、张、刘、陈。五大姓的人口总数已经达到三亿五千万。原列《百家姓》之首的"赵"，《千家姓》之首的"朱"，《清康熙御制百家姓》之首的"孔"，现在分别列在第七、十四、七十二位。中国五十六个民族，一共有一万一千九百六十九个姓。(《中国科学报》)

342
20 世纪的新消费

剃须刀（1901）。飞机（1903）。夏奈尔 5 号香水（1921）。固力果百力滋（零食）（1927）。干电池（1931）。即溶咖啡

(1938)。太阳油（护肤）(1944)。影印机（复印）(1950)。电视机 (1953)。信用卡 (1958)。纸尿片 (1961)。波音747（航空）(1966)。方便面 (1971)。录像机 (1976)。任天堂（电视游戏机）(1983)。移动电话 (1989)。视窗3.1（电脑设计）(1993)。DVD（多媒体）(1995)。(香港《明报》)

343

瑜伽

印度的瑜伽类似中国的气功。传说起源于七千年前，流行于三千年前的印度河流域。古籍《梨俱吠陀》中即有记载。它是一种生理加心理的健身术。有三大要领：调身（端坐）、调息（呼吸）和调心（排除杂念）。《瑜伽经》记述"八支"（八法）：守意、持禁、打坐、调息、制感、执持、禅定、神昏（最高境界）。有六个派别：1.格尔玛：锻炼行为，行为瑜伽。2.拉贾：重视静坐。3.哈特：打坐加动作，即瑜伽操。4.杰恩：洞察人生，哲学瑜伽。5.帕克德：向神奉献，此派最为神秘。6.硬瑜伽：运气之后，刀枪不入，类似硬气功。(吴永年)

344

性和爱

心理学者说：男女对性和爱的天然反应不同。男人为得到性而付出爱，女人为得到爱而付出性。（《健康报》）

345

世界的老虎

西亚虎1970年绝种。西伯利亚虎（东北虎）还有一百五十至二百头。爪哇虎1980年绝种。华南虎还有不到五十头。巴厘虎1940年绝种。苏门答腊虎还有四百至五百头。孟加拉虎有三千零三十至四千七百头。东南亚虎还有一千至一千八百五十头。总数：四千六百三十至七千二百头。（《世界自然基金会物种报告》）

1998年是中国的虎年。世界野生生物基金会已经筹集到一百万美元，在中国的虎年实行国际救虎运动。老虎减少的主要原因是：1.中药用虎骨，2.猎杀老虎，3.其他。过去一百年间，老虎减少了95%，到2010年可能全部绝种。（法新社98－01－23）

346
零点调查

北京有一个"零点调查"公司。1995年得到五大城市居民对各国及地区性质的认识。

古老国家：中国、埃及、印度、希腊。

富裕国家：美国、日本、瑞士、新加坡。

强大国家：美国、中国、德国、日本。

浪漫国家：法国、美国、意大利、英国。

美食国家及地区：中国、美国、法国、香港。

神秘国家及地区：埃及、梵蒂冈、美国、非洲。

前三位依次为：美国、日本、中国。(《文摘》)

347
20 世纪的重大发明

不锈钢（1903造成）。空调（1911，美国）。汽车（系列产品20世纪开始）。飞机（1901，客机）。硅片（1958）。心电图（1903开始使用）。传真（1902开始传送）。光导纤维（1970发明)。基因工程(19世纪60年代末,脱氧核糖核酸技术)。试管婴儿(1978第一个婴儿出世)。胰岛素(1964合成)。因特网(19世纪90年代)。激光(激光器,1960)。洗衣机(1901)。冰箱(1913,美国)。电子计算机(1943,英国)。盘尼西林(1929,英国)。无线电(1901,意大利)。核能(1939开始利用)。机器人(1983开始应用)。人造卫星(1957,苏联)。电视(1927,美国)。(《参考消息》98－02－02)

348
秦始皇模式

毛泽东《读〈封建论〉赠郭沫若》:

"劝君少骂秦始皇,焚坑事件要商量。祖龙魂死业犹在,孔学名高实秕糠。百代多行秦政制,《十批》不是好文章。熟读唐人《封建论》,莫从子厚返文王。"

读者说:的确,秦始皇模式从古到今实行两千年以上,方兴未艾。(《老年报》98－02－14)

349
煮书

美国国会图书馆研究出一项"煮书延寿"技术：把书籍放入大压力锅内，蒸煮六十小时，对纸张作解酸处理，能防止书籍发黄变脆，延长寿命几个世纪。(香港《文汇报》)

350
左驾右行

一百一十年前，开始有汽车，驾驶座在车前中央。

后来欧洲"右驾右行"(驾驶座在右，车行靠路右)，因为右手好使，便于伸出车外，随时下车开门。

英国沿袭骑士习惯，右手持剑，马匹左行，由此汽车"右驾左行"。18 世纪英国制度传到许多殖民地和地区。

1927 年，欧洲大陆各国相约"左驾右行"(驾驶座改在左，车靠路的右边)，不用英国制度。美国和美洲根据欧洲大陆。

中国原来受英国影响，"右驾左行"。二次大战前，改为"左驾右行"，为了便于接受美国的军事援助。香港来归，依从英国习惯，

仍旧"右驾左行",跟中国内地矛盾。这是"一国两行"。(宁智敉)

351

温故而知旧

两千年来,中国的治学方法是"温故而知新"。"温故而知新"其实是"温故而知旧"。孔子"述而不作"是"温故而知旧"。训诂学、国故学,是有价值的学问,但是都是"温故而知旧"。从"孔孟之道"衍生出"三纲五常",不过是用新语言表达旧伦理,这算什么"大学问"?历代儒家给孔孟作注解,停留在两千五百年前的"孔孟时代",紧抱住封建礼仪,没有在历史的道路上向前迈进一步。直到今天还有知识分子认为,"知旧"才是学问,"创新"不是学问。在21世纪,还能用半部《论语》治天下吗?(新民)

352

人类的基本欲望

美国《心理学评估》杂志说:人类有十五种基本欲望,它们是:

好奇：学习的欲望。

食物：吃的欲望。

荣誉：希望遵照某种行为准则。

拒绝：避免被社会抛弃。

性欲：性行为和性幻想。

体育：开展体育活动。

秩序：日常生活中达到所希望程度的组织性。

独立：独自作出决定。

报复：受到冒犯时实施报复。

社交：与他人交往。

家庭：跟亲属在一起。

威望：渴望获得社会地位和受到肯定。

厌恶：对痛苦和焦虑的反感。

公民：公益服务、公民身份。

权力：对他人施加影响。

以上十五种基本欲望，大都植根于基因，只有"公民身份、独立、避免被社会抛弃"三者不是由基因决定的。（《泰晤士报》98－06－16）

353

诗文不难

一位老长辈对我说,他小时候常听人说:"诗由放屁起,文从胡说来。"写诗、写文,不难。只要不怕羞,老着脸皮写,怎样说就怎样写,一定能越写越好。"老脸皮"是自学成才的秘诀。"先做诗、后识字",真有其事。许多民族在没有文字的时候,早就有诗。"诗"就是"歌"。"对歌"就是"对诗"。(老长辈)

354

赏月胜地

古来赏月胜地有:

三潭印月:杭州西湖,水中三个小塔,塔中点灯,形成月影。

平湖秋月:浙江平湖,泛舟观月,有似与月同游。

太清水月:青岛崂山太清宫,能见天上和海中两月相映。

象山夜月:广西桂林象鼻山,有水月洞,"水底有明月,水上明月浮;水流月不去,月去水还流。"

石湖串月:苏州石湖行春桥,有九环洞,洞底倒映一串月。

(据说已经填平成田)

二泉映月：无锡惠山，汩汩清泉，反映明月。

二十四桥月：扬州，"二十四桥明月夜，玉人何处教吹箫。"

月照松林：江西庐山牯牛岭，松林月影，如雪似霜，点点洒落。

三月共赏：苏州网狮园，在月到风来亭中，能见水中、镜中、天上三个月。

三江映双月：四川宜宾双月楼，遥望金沙江、岷江、长江三江口，见双月，一明一暗。（《中国海洋报》）

355

正功能和负功能

语言的"正功能"是沟通信息，便利交际；"负功能"是隔断信息，妨碍交际。人们往往只注意语言有"正功能"，不注意语言有"负功能"。

一位中国人参加国际会议，休息时候跟日本人和朝鲜人谈天，大家说英语。一位西方人说：你们为什么不用自己的语言而要说英语？西方有许多人以为中日朝三国人的面貌相似，语文也一定是相通的,不知道三国语文都是"一国独用语文",不能彼此相通,在国际间有隔断信息的"负功能",没有沟通信息的"正功能"。

广东人到北京旅游,旅行社要派"翻译"跟随。北京人说,他们是"中国的外国人"。台湾人可不同,他们到北京旅游,都说"国语",不用翻译。在中国,"普通话"(国语)有沟通信息的"正功能",方言有隔断信息的"负功能"。

356
苏联和汉语拼音

有人说:《汉语拼音方案》是"在俄人指导和帮助下拟定与推行的"。

另一说:苏联在上世纪30年代放弃拉丁字母,改用俄文字母,所有"十月革命"以后新创的拉丁字母民族文字,全部改为俄文字母。斯大林反对拉丁化,苏联不可能在50年代指导中共拟定拉丁化的汉语拼音方案。20年代苏联掀起拉丁化运动,那时瞿秋白在苏联制定拉丁化中国字,"北拉"传到上海引起群众性的拉丁化运动,这些都是更早的历史。列宁赞成拉丁化,他说过"拉丁化是东方伟大的革命",可是这句话在斯大林时期编辑的《列宁全集》中被删去了。

357

语文大众化

教育家林汉达一生提倡语文大众化。他主张把难懂的文言成语改成比较好懂的白话或者通俗文言。例如：

魑魅魍魉→牛鬼蛇神　　居心叵测→存心不良

暴虎冯河→有勇无谋　　霄壤之别→天差地远

越俎代庖→包办代替　　胸有成竹→心里有底

忐忑不安→心神不定　　方枘圆凿→格格不入

358

新标点

1990年，北京修订了《标点符号用法》，1951年原规定十四种符号，现在增加为十六种。

原有十四种符号是：1.句号，2.问号，3.叹号，4.逗号，5.顿号，6.分号，7.冒号，8.引号，9.括号，10.破折号，11.省略号，12.着重号，13.书名号，14.专名号。

增加的是：15.连接号（—）和16.间隔号（·）。"连接号"

夹在汉字中间,很像一个"一"字。"间隔号"被称为"中间点"。

359

人类的哑巴时期

美国古人类学家哈莫博士的研究表明,虽然早在六万年以前地球上就出现了人类,但是人类在四万年前才开始具有语言能力。人类曾经历过长达二万年之久的"哑巴时期"。当时人类已经有说话的能力,但是没有语言交流的必要,因而保持沉默。(《世界科技译报》总331期)

360

多民族、多语言、多文字

中国有五十六个民族,汉族人口最多,其次是壮族、回族、维吾尔族、彝族、苗族。有五个"民族自治区":1.西藏,2.新疆,3.广西,4.宁夏,5.内蒙古。

五十五个少数民族属于五个语系:汉藏语系(三十个民族,不包括汉族);阿尔泰语系(十七个民族);南岛、南亚、印欧三语系（以及语系未定的，共八个民族）。

二十三个民族有本民族的文字（包括汉族，不包括京族和俄罗斯族），共用"现行文字"三十一种，分五个系统：1.汉字系统三种（汉文、彝文、朝鲜文）；2.回鹘字母系统三种（蒙文、新疆蒙文、锡伯文）；3.印度字母系统五种（藏文、傣文四种）；4.阿拉伯字母系统三种（维吾尔文、哈萨克文、柯尔克孜文）；5.罗马（拉丁）字母系统十七种。

361
印度的民族和语文

印度也是多民族、多语言、多文字。不同的是，印度的最大民族"印地族"只占全国人口的相对多数（1961年30%）。近来印地语推广到全国人口的45%，仍旧只是相对多数。印度的语文问题比中国复杂得多。

印度规定，"印地语"是"国语"，唯一的全国共同语。此外，有十一种"邦用官方语文"（相当于中国西藏有藏文，内蒙古有蒙文，新疆有维吾尔文）。还有不限地区的梵文（相当于中国的文言文）和乌尔都文（回教徒用）。一共有十四种法定语文，"言语异声、文字异形"。此外，英语是全国通用语，用于行政、教育、贸易等方面，但是英语没有法定地位。

362

入声和押韵

普通话没有入声，可是《诗韵新编》（上海古籍出版社）中有"旧读入声字"一类。人们作文言诗仍旧注意入声的区别。古诗用入声韵的，读成普通话，不押韵。例如，柳宗元《江雪》，三个押韵的入声字，变成各不相同的声调：

千山鸟飞绝，（"绝"原为"入声"，普通话变成"阳平"）

万径人踪灭。（"灭"原为"入声"，普通话变成"去声"）

孤舟蓑笠翁，（第三行不押韵）

独钓寒江雪。（"雪"原为"入声"，普通话变成"上声"）

363

爱斯不难读

Esperanto 译为"爱斯不难读"，绝妙！音译兼意译，意译兼宣传。后来，日本译成"世界语"，中国也仿照译作"世界语"。

人们一度对"世界语"抱极大希望。有人主张采用"世界语"作为中国的"国语"。有人主张以"世界语"代替"英语"，作为"第一外国语"。早期认为推广"世界语"就可以保障世界和平，这个希望被两次大战粉碎了。

现在，联合国不用"世界语"，国际贸易不用"世界语"，科技不用"世界语"。"世界语"真正成为"世界共同语"的可能性渺茫了。"世界语"的实践证明，语言可以人造，"人造语"比"自然语"有规则、容易学，但是"人造语"的活力远不如在历史上逐步扩大流通的"自然语"。

364

李白听不懂唐诗

李白、杜甫听不懂今人吟唐诗，司马迁听不懂今人读《史记》。为什么？因为古今字音大不相同。今人不会用古音读古书，改用今音读古书，古人当然听不懂。李白用唐音吟诗，司马迁用汉音读书，今人也是听不懂的。

365
梵文翻译

佛教在东汉初年传入中国,引来大量梵语(Sanskrit)译名。例如:

"夜叉":Yaksa之音译,又译"药叉"、"夜乞叉";意译为"能啖鬼"、"捷疾鬼"。

"忏悔":"忏"为Ksama音译之略,又译"忏摩";意译为"悔"。音义结合,成为"忏悔"。

"念头":"念"为Smrti之意译,宋代以后加后缀"头",成为"念头"。

"化身":Nirmanakaya之意译,又译"变化身"、"应身"。

"因缘":Hetupratyaya之意译。

"平等":Upeksa之意译。

"烦恼":Klesa之意译,又译"惑"。

"种子":Bija之意译。

"习气":Vasana之意译,也叫"烦恼残气"。

"散乱":Viksepa之意译,本义为"贪、嗔"。

"神通":Abhijna之意译。

"圆寂"：Parinirvana 之意译，取"圆满寂灭"之意；音译为"般涅槃"，略称"涅槃"。

"善男信女"："善男"为 Upasaka 之意译，又译"近善男"、"清信士"，音译为"优婆塞"；"信女"为 Upasika 之意译，又译"近善女"、"清信女"，音译为"优婆夷"。

"昙花一现"："昙花"为 Udumbara 音译，"优昙钵花"之略称。"一现"表示"短暂"。

366
名片小史

我国的名片有两千年历史。

秦末汉初称"谒"：《史记》载，郦食其呈"谒"，见刘邦。

东汉称"刺"："韩生通刺倪宽"（王充《论衡》）；又称"爵里刺"，书官爵及郡县乡里（《释名》）。

汉以后称"名帖"、"名纸"："古者削木以书姓名，故谓之刺；后世以纸书，谓之名帖"。(赵翼《陔余丛考》)

宋又称"手状"，除写本人姓名乡邑外，还写对方称谓；张世南《游宦记闻》中述他家藏有秦观、黄庭坚等人的手状。

明清有"手本",见上司或老师时用,由六页折成。清末名刺有的长一尺、宽五寸,通姓名时放在拜盒中,后来发展为"贺年片"。

1949年后,废除名片;80年代实行"开放",恢复名片。

367

五大文化圈

从文字形式来看,今天世界分为"五大文化圈"。

1.汉字文化圈,代表儒学文化和后来的佛教文化,包括中国、日本、朝鲜等国,以及以华语作为民族语言之一的新加坡。

2.印度字母文化圈,代表印度教和佛教文化,包括印度、孟加拉、缅甸、尼泊尔、斯里兰卡、泰国、老挝、柬埔寨,以及中国的西藏。

3.阿拉伯字母文化圈,代表伊斯兰教文化,包括阿拉伯国家(埃及、沙特阿拉伯等)以及信伊斯兰教的其他国家和地区(伊朗、巴基斯坦、中国的新疆等)。

4.斯拉夫(Cyrillic)字母文化圈,代表东正教文化和后来的马克思主义,包括前苏联、保加利亚、前南斯拉夫(一半)、外蒙古。

5.拉丁字母文化圈,代表天主教(以及新教各派)文化,后来突出科技文化,包括英美等世界多数国家。

文化相互渗透,没有清一色的文化,国境线不等于文化圈的边缘。文化像人生,有幼年、青年、壮年、老年。五大文化圈年纪老少不同。

368

九九消寒图

"日冬至,画素梅一枝,为瓣八十有一,日染一瓣,瓣尽而九九出,则春涤矣,曰九九消寒图。"又,"句九字,字各九画,双钩书写,自冬至始日填一画,凡八十一日而毕事",也叫"九九消寒图"。例如:(1)"亭前垂柳珍重待春风",(2)"春前亭、柏风送、香盈室"("风",写繁体)。都是九九八十一笔。

369

儿童的知识来源

一位日本教育家的研究:美国儿童的知识,来自教师口授的占百分之十,来自自己阅读的占百分之八十五。日本儿童相反。

字母容易,汉字难。

一位中国教育家的研究:中国儿童课堂功课好,课外阅读能力差。美国儿童相反。字母容易,汉字难。

370
符号有品位

从大篆、小篆,到隶书、楷书,可以清楚地看到:大篆、小篆属于一类,隶书、楷书属于另一类。前者接近图画,可以称为"图符";后者笔画分明,可以称为"字符"。

"字符"跟"字母"不同。字符复杂,数目多,无定量。字母简单,数目少,有定量。

"图符"、"字符"、"字母",是文字符号的三个品位。

371
表达法

看到一头牛,画一个牛头代表牛。这种表达法叫做"表形法"。

看到光明,画不出光明,就画太阳加月亮,表示光明。这种表达法叫做"表意法"。

"电话"又叫"得力风"。"电话"是意译。"得力风"是音译。意译是"表意法"。音译是"表音法"。

字符可以表意,也可以表音。字母一般用来表音。

"表形"、"表意"、"表音",是三种表达法。

372

古文字学

古文字学研究人类各种古文字的起源、演变、传播和应用,其中三种古文字最为重要。

1.五千五百年前,西亚美索不达米亚("两河流域",在今伊拉克)创造的"钉头字"。

2.五千五百年前,略晚于钉头字,北非古代埃及创造的"圣书字"。

这两种古文字使用了三千年以后,都废弃了。今天居住在美索不达米亚和埃及的阿拉伯人,跟古代居民是不同的民族和不同的文化。

3.汉字,创造于三千三百年前,它是巍然独存的唯一古文字。

373
外语文盲

芬兰规定，公民在接受九年义务教育期间，必须学习和掌握至少一门外语，扫除年轻人中的"外语文盲"。现在，三十岁以上有一半会讲一种外语，三十岁以下都会讲一种或几种外语。在芬兰，"外语文盲"已经没有了。

374
语体文和文体语

文章口语化产生"语体文"。口语文章化产生"文体语"。

写文章就是"写话"，但是要写标准语，不要随便夹进土话和文言，半文半白的文章不是好文章。脑海涌现出来的思想要经过语法、修辞和逻辑的加工，成为措辞文雅的现代文章。口语经过升华，写下来就成为"语体文"。

学习普通话，一方面要学习标准的语音、规范化的词汇和语法，另一方面要学习内容好、形式美的语体文，提高思想和语言的水平，使发言、演讲、广播既能生动活泼，又能优美文雅，实现出口成章。口语经过精炼就成为"文体语"。

口语使文章现代化、有生命力,文章又使口语得到提高和精炼。这是语文发展的辩证法。

375

汉字功能

汉字功能因时代而变化。例如:"日",原来是圆圈中间有一点,像太阳,这时候有象形功能。变成方形,像窗子,不像太阳,失去象形功能,成为规定的表意符号。从表示"太阳"变为表示"一天",更是表意符号。又用来作为翻译用字,例如"日耳曼",连表意功能也没有了,成为表音符号了。"六书"可以用来解释篆书,不能用来解释楷书。

376

十年窗下

吕叔湘《语文教学中两个迫切问题》(《人民日报》1978－03－16)中说:"全日制十年制中小学教学计划试行草案"规定:

十年上课总时数	九千一百六十	100%
语文时数	两千七百四十九	30%
自然科学时数	一千零七十六	12%

文章说:"十年的时间,二千七百多课时,用来学本国语文,却是大多数不过关,岂非咄咄怪事!"

377

凫和鹤

郭沫若谈文风,说:写文章要"有话则长,无话则短"。

他说:我是喜欢短文章的,但是我也并不反对长文章。有内容的长文章是好的,就怕像王大妈的裹脚布,又长又臭。

最后他说:《庄子》上有这样几句话:"凫胫虽短,续之则忧;鹤胫虽长,断之则悲。"(《中国语文》杂志1978.3)

378

语文经济学

"语文经济学"对汉字国家(中国、日本等)特别重要,因为汉字是特别不经济的文字。

拉丁字母国家是否不需要"语文经济学"呢？不然。例如英文，如果能对它的不规则拼写法稍稍调整一下，就可以在全世界节省惊人的时间和费用。

国际性的组织，例如联合国，如果简化语种和文书，可以解决财务危机。国际间如果能够约定一种"国际共同语"，世界各国都用它作为"共同外国语"，人类将节省无法计算的时间、精力和经费。

379
老国音和新国音

国音的标准，清末有三种主张：北京音、南京音、汉口音。

民国以后，设立"读音统一会"，用每省一票、多数票决定的办法，在1913年审定六千五百个汉字的读音，称为"国音"。1920年出版《国音字典》。这种"国音"后来称为"老国音"。它的主要特点是：声调比北京多一个入声。

"老国音"是人为的标准，全国没有一个人自然地能说这种语音，因此推行困难。1924年重定标准音，"以北京的普通读法为标准",称为"新国音"。1930年根据新国音出版《国语罗马字常用字表》。

380
标准语的历史条件

民族标准语是历史的产物。北京语音成为汉语的标准,有如下的历史条件:1.北京是辽金元明清五个朝代的首都;2.大量的白话文著作基本上以北京话或北方话为基础;3.北京是中国北方的交通中心。东南各省方言复杂,没有成为标准语的条件。

封建时期,只有官吏和商人需要共同语,不要求有严格的标准音。1920年"国语统一筹备会"公开说:"盖语言统一,但求其能通词达意、彼此共喻而已。至于绝对无殊,则非维事势上有所不能,抑亦在实用上为非必要也。"

后来,认识提高了,知道标准必须一致,学习要求可以因人而异。例如老年和青年,北京人和外地人,学习进度不能一样。没有统一的语音规范,字典怎样注音呢?

从老国音到新国音,经过了十年之久。汉语标准音的确定,标志着封建社会进入资本主义的过渡。

381

繁简过渡

有人说：从繁到简是一切文字的发展规律，汉字并不例外。但是，有一个繁简并用的过渡时期。现在，台湾是印刷用繁，手写用简——印繁写简，繁多于简。这是过渡。香港是繁简由之，这是明显的过渡。大陆是基本用简，书法用繁——繁简混用，简多于繁。也是过渡。

从小篆到隶楷，也有过"篆隶混用"的过渡时期，长达两千年。看一下西安的碑林，碑铭头上大都有篆书，可以证明。今天的繁简混用，如果长达二百年，已经比过去的过渡时期快了十倍！

382

简化十诫

1. 约定俗成，好；约未定、俗未成，不好。
2. 新简化字跟原字相比，轮廓相同，形体相似，容易联想，不难认识，好；否则不好。
3. 不增加近形字，好；否则不好。

4. 手写起来，不容易跟别的字相混，好；否则不好。

5. 不增加一字多音多调，好；否则不好。

6. 新形声字的声旁，能准确表示字音字调，好；否则不好。

7. 同音代替字，字音字调相同，意义也不矛盾，好；否则不好。

8. 新的草书楷化字，不增加原有的笔画形式，好；否则不好。

9. 原来笔画写起来不顺手，改成笔画顺手、容易写，好；否则不好。

10. 简化常用字，不简化罕用字，好；否则不好。

383
胡适和白话文运动

胡适（字适之）是"五四"白话文运动的主帅。1915年他首先提出"文言是死文字、白话才是活文字"的见解。1916年他在《新青年》杂志上发表"寄陈独秀"的信，其中说：今日"文学堕落之因，盖可以'文胜质'一语包之。'文胜质'者，有形式而无精神，貌似而神亏之谓也"。

1917年他在《新青年》上发表《文学改良刍议》，提出改革文学应当从"八事"入手：1.须言之有物；2.不模仿古人；3.须讲求文法；4.不作无病之呻吟；5.务去滥调套语；6.不用典；7.不讲对仗；8.不避俗语俗字。同时指出：要以白话文学为正宗，取旧文学而代之。1918年又发表《建设的文学革命论》，提出"国语的文学、文学的国语"。就在这一年，《新青年》全部改为白话文。后来许多杂志也跟着改用白话文。历史学家把"五四"白话文运动看做是"中国的文艺复兴"。

陈独秀说："文学气运，酝酿已非一日，其首举义旗之急先锋，则为吾友胡适。"

384
《尝试集》

> 两个黄蝴蝶，双双飞上天。
> 不知为什么，一个忽飞还。
> 剩下那一个，孤单怪可怜。
> 也无心上天，天上太孤单。

这是胡适写的最早的一首白话诗，发表在1917年2月《新青年》2卷6号上。它书写在美留学时候提倡文学革命而无人支持的孤单情绪。

过了一年,《新青年》刊登越来越多的白话诗。随后,《每周评论》和《新潮》等杂志也相继发表白话诗。于是,一个白话诗的时代开始了。

1920年3月,胡适出版《尝试集》,这是我国的第一部"白话新诗集"。(《中国现代文学题解》,1986)

385

承载物和承载体

文化是承载物,文字是承载体。一批货物用汽车运到码头,改用轮船运到邻国,又改用飞机运到目的地。承载体一再更换,承载物依然不变。汉字从篆书到楷书,经过多次变形和简化,好比车船飞机的更换,无损于被承载的文化内容。不许翻译或改写简化字,实际是阻碍文化的传承。(苏新成)

386

货币上的书法

秦"半两"、"两锱"钱上的小篆,李斯书。唐高祖武德四年铸

"开元通宝",欧阳询书。五代南唐"唐国通宝",有篆楷两体,徐铉书。北宋"淳化元宝",有楷行草三体,宋太宗赵匡义书。北宋"崇宁通宝"和"大观通宝"上用瘦金体书写,宋徽宗赵佶书。清"咸丰通宝",画家戴醇书。1948年的人民币上"中国人民银行",董必武书。1955年的人民币上"中国人民银行",马文蔚书。

387

巨字石刻

巨字石刻,是摩崖石刻之一种,多刻在名山险壁、风景绝佳之处。著名的有:

山东邹县峄山上的"鳌"字,高十五米,宽八米,最粗的笔画一米宽。

北京白龙潭万福山上的"福"字,大百余平方米,十里之外清晰可辨。

杭州莫干山武林村石壁上的"翠"字,大十米。

山东青州城南云门山上的"寿"字,高七点五米,宽三点七米,其中的"寸"字高二点三米。人们说:"人无寸高。"

四川潼南县大佛寺岩壁上的"佛"字,高七米,宽五米,笔画粗一米。

四川眉山县连鳌山的"连鳌山"三字,直径四米。

贵州贵阳黔灵山九曲径上的"虎"字,高六米。

广西阳朔碧莲峰上的"带"字,高六米。细看,是由"一带山河甲天下,少年努力举世才"等十四字组成。

浙江普陀山上的"心"字,高五米,宽七米。"心"字的一点上可站立七八人。(李盛仙)

388

阴阳和南北

古代,山南为阳,山北为阴;水南为阴,水北为阳。什么道理?因为,中国在地球的北面,太阳一般从南面照来。山是高起来的,南面容易见太阳,北面相反;水是凹下去的,北面容易见太阳,南面相反。

许多地名以阴阳为名。例如:咸阳:九嵕(读 zōng)山之南,渭水之北。南阳(有三个):泰山之南(属古鲁国),太行山之南(属古晋国),伏牛山之南(属古韩国)。贵阳:贵山之南。汉阳:原来在汉水之北,后来汉水改道,变成在汉水之南。江阴:长江之南。淮阴：淮水之南。淮阳：淮水之北。

389

五色土

北京中山公园有一块"五色土"。"东南西北"依次为"青土、赤（朱）土、白土、黑土","中央"是"黄土"。古代亚洲许多民族以颜色配方向，美洲古代的玛雅人也有这种传统。

"黑海"是北面的海，不是黑色的海。"玄（黑）武（龟）"是北方之神。"青龙"（苍龙）是东方的星宿。"青龙山"在南京之东。"青龙镇"在青浦之东。"青龙桥"在延庆之东。"朱雀桥"在建康（南京）之南。

390

滑竿文化

西南山区，抬"滑竿"的前后两个劳动者，一呼一应，协同步伐，叫做"滑竿号子"。例如：前面说"滑得很"，后面应"踩得稳"；前面说"路有小缺口"，后面应"大跨一步走"。这是有中国特色的"滑竿文化"。"滑竿"是"筏竿"的变音。

391
书籍史展览

改革开放以来"门可罗雀"的北京图书馆,在1993年的夏天,举办"古代书籍史展览"。展览说:三千多年前殷墟有"甲骨文";经过仓颉的整理,周宣王时产生"籀书",也称"古文";秦代有"篆书"和"隶书";西汉史游作"草书";三国钟繇造"楷书"。书籍的材料用过龟甲、兽骨、青铜器、玉、石、竹简、木牍、缣帛、纸张。造纸术大约出现于两千年前,公元8世纪传入阿拉伯,随后传入西方。书籍的制作方法用过刀刻、铸造、手写、印刷。大约在一千三百年前的隋唐时代,发明雕版印刷。北宋庆历年间毕昇造泥活字,比德国谷腾堡的活字印刷早四百年。书籍的装帧流行过:简策、帛书卷子装、纸书卷轴装、旋风装、经折装、梵夹装、蝴蝶装、包背装、纸装、毛装等。中国的书籍源远流长。(《人民日报》海外版)

392

翠竹寺古钟

江西安福横龙乡翠竹寺遗址,出土一口清康熙年间的古钟,铭文三百二十三字,内有异体字九个,简体字二十六个。证明三百年前就流行简体字。(新华社)

393

郑和碑

斯里兰卡国家博物馆中有一块"郑和碑",碑文用中文、泰米尔文和波斯文写成,公元1409年郑和到达斯里兰卡时建立。后来失传。1911年,在斯里兰卡南部海滨的高尔市内发现了这块石碑,已经作为埋在地下两英尺深处的阴沟盖子。发现后移藏博物馆。50年代,斯里兰卡访华团把碑文拓片送给中国,现藏中国历史博物馆。(《参考消息》)

卷五

394

动物的叫声

公鸡叫"喔喔"。母鸡叫"咯咯"。小鸡叫"叽叽"。鸭子叫"呷呷"。老猫叫"喵喵"。小猫叫"咪咪"。老鼠叫"吱吱"。青蛙叫"呱呱"。狗叫"汪汪"。牛叫"哞哞"。羊叫"咩咩"。小鸟叫"啾啾"。燕子叫"唧唧"。乌鸦叫"哇哇"。鸽子叫"咕咕"。喜鹊叫"喳喳"。虎有"虎啸"。狮有"狮吼"。狼有"狼嚎"。马有"马嘶"。猿有"猿啼"。(鲍子平)

395

动物信使

古典文学中讲到的能送信的动物有:"鲤鱼"、"鸿雁"、"青鸟"和"黄犬"。

"鲤鱼"。陈胜、吴广在起义前,帛书"陈胜王"三字,置鱼腹中,士卒烹鱼见腹中书,信有天命。古乐府:"客从远方来,遗我双鲤鱼;呼儿烹鲤鱼,中有尺素书。"据考证:双鲤鱼,两木版为之,中藏书函,刻为鱼形,分为二鱼。后有"帛鱼"、"纸鱼",可能都是游戏之作,不是正常的通信。

"鸿雁"。苏武被困匈奴。汉使言"天子射上林中,得雁,足系帛书,言武在大泽中"。此乃诈术,实属子虚。南北朝以后,鸿雁传书在诗词中常见,多为想象,并非事实。南朝梁范云诗:"寄书云间雁,为我西北飞"。唐王维诗:"目尽南飞雁,何由寄一言"。南唐李后主词:"雁来音信无凭,路遥归梦难成"。

"青鸟"。《山海经》:"其南有三青鸟,为西王母取食"。隋薛道衡《豫章行》:"愿作王母三青鸟,飞来飞去传消息"。唐李商隐诗:"蓬山此去无多路,青鸟殷勤为探看"。这也都是想象之辞。

"黄犬"。《晋书》:陆机豢养黄犬,名黄耳。机作书,系犬颈下,"犬寻路南走,遂止其家"。犬是真正可能送信的动物。宋尤袤诗:"青蝇为吊客,黄犬寄家书"。苏轼诗:"寄食方将依白足,附书未免烦黄耳"。王实甫《西厢记》:"不闻黄犬音,难得红叶诗"。

唐宋以后渐用信鸽,古典文学中反少述及。明末清初有民信局,动物信使时代结束。(黄金贵)

396

蝠鹿寿

"谐音取吉祥"是中国民间传统习惯。例如:福禄寿(蝙蝠、鹿、寿桃),三阳开泰(三只羊),同喜(梧桐、喜鹊),报喜(豹、喜鹊),喜上眉梢(喜鹊落在梅花枝头),一路连科(鹭鸶、莲花、荷叶,荷与科谐音),金玉满堂(金鱼,谐音金玉),平升三级(瓶、笙、三戟)。(《华商时报》)

397

读书疗法

国外兴起"读书疗法"。德国医院开设图书馆,引导患者沉湎于书籍,加快康复。我国古医书《内经》说:"聚精会神是养生大法。"晚近生理学家说:"老年人读书就好像服用超级维生素。"心理学家说:"一个人只要心智灵活,青春就不会离他而去。"哲学家卢克莱修说:"心灵中的黑暗必须用知识来驱除。"(《老人天地》)

398

四大美女

古代盛传四大美女:"沉鱼、落雁、闭月、羞花"。

"沉鱼":春秋越国的西施,常在溪边浣纱,水中鱼儿见她那般美貌,自惭形秽,沉入深水,躲了起来。

"落雁":西汉王昭君,以身报国,自愿与匈奴和亲,出关那天,空中的大雁见她美丽,纷纷落地,聚集在她的身边,钦羡眷恋,依依不舍。

"闭月":三国时候的貂蝉,在月下散步,月亮见她美丽无比,不敢与她争辉,藏进云层,月光渐渐暗了下来。

"羞花":唐代的杨玉环(杨贵妃),来到花园里赏花,盛开的花儿,羞于跟她媲美,纷纷落下了花瓣。

399

"丫头"和"人革"

有人写信给《北京晚报》:

本人走过菜市场,看到价目牌上写着:"丫头每斤……角……

分"!谁敢以此等"佳肴"下酒?又有:"人革茄克削价处理"。谁敢穿"人皮"衣服?

"丫头"跟"鸭头"在北京同音;"丫"字笔画少。"人革"是"人造革"的省略。写字人图省力,就"同音代替"和"省略代替"了!

400

狂人绩绵

《高僧传》(北朝)载鸠摩罗什谈:"如昔狂人,令绩师绩绵,极令细好。绩师如意,细若微尘,狂人犹恨其粗。绩师大怒,乃指空示曰:此是细缕。狂人曰:何以不见?师曰:此缕极细,我工之良匠,犹且不见,况他人耶?狂人大喜,以付绩师,师亦效焉,皆蒙上赏,而实无物"。

此故事可能是"皇帝的新衣"的蓝本,是否从印度一早传到了西欧?

401

菩萨的等级

佛:智慧与悟性达到最高境界的觉悟者,能使自己和他人的觉悟行为共同得到圆满。

菩萨：次于佛，虽能自觉，但不能使自己与众生的觉悟行为一起圆满。

罗汉：次于菩萨，注重自我觉悟，自我解脱，较少把佛教教义扩大化。(《情系中华》)

402

以图腾为姓氏

云南西双版纳勐腊县的"克木人"，共有两千多人，以动物或植物图腾为姓氏。动物姓氏有十六种：虎氏、野猫氏、松鼠氏、水獭氏、大灵猫氏、破脸狗氏、属蜥蜴氏、犀鸟氏、白头翁鸟氏、水鸟氏、长尾鸟氏、牛粪雀氏、小瓦雀氏、团鸡氏、野鸡氏、孔雀氏。植物姓氏有两种：树蕨氏、细白花氏。所生子女，子随父姓，女随母姓。其实，汉姓中也有图腾遗迹（马牛梅李）。以图腾为姓氏，是古代许多民族的共同习惯。

403

烟盒文章

响应世界卫生组织的号召,各国在烟盒上写上文章:

比利时:勿用,危险!

法国:滥用危险!

加拿大:健康和福利当局建议,健康的危险随吸烟数量上升:不要吸烟!

直布罗陀:吸烟不仅仅是消耗您的钱!

奥地利:吸烟是慢性自杀!

伊拉克:吸烟是导致肺癌、心脏病、肺病、血管病的主要原因!

美国:吸烟有害健康!

香港:香港政府忠告市民,吸烟危害您的健康!

中国:吸烟有害健康!

404

都市十八怪

第一怪:影院只放录像带。第二怪:夜半歌声传天外。

第三怪:摊开麻将把客待。第四怪:铁门铁窗铁阳台。

第五怪:猪肉牛肉加水卖。第六怪:珍稀成为下酒菜。

第七怪:大款争把猫狗爱。第八怪:染起头发充老外。

第九怪:污言秽语随口带。第十怪:杂物废纸胡乱甩。

第十一怪:下水道口缺少盖。第十二怪:小摊小店占道摆。

第十三怪:算命先生站成排。第十四怪:好人偏去充乞丐。

第十五怪:精神病人好自在。第十六怪:旅店拉客死活拽。

第十七怪:锻炼只有老太太。第十八怪:高级轿车处处在。

(台湾《联合报》)

405

半个字的电报

沈从文向张兆和求婚,委托兆和的二姐张允和探听父母的意见。允和得知父母同意后,打电报给从文。电报在收电的地名人名之后,只有一个字:"允"。这个字既表示"同意",又代表发电人的名字。半个字电报,是有电报以来最短的电报。

406

男女有别

女人说话的速度（语速）比男人快得多。

女人头发里的黄金比男人多五倍。

女人比男人不容易得肺炎、高血压、心脏病。

女人比男人容易心理失调（因此怕老鼠、蜘蛛）。

女人的嗅觉大大超过男人。

男女都平均每天掉一百根头发，但是女人头发的再生能力高出男人十倍。（《参考消息》）

407

美人自扰

好好的脸，涂之抹之。

好好的头发，卷之烫之。

好好的腰，束之勒之。

好好的乳房，隆之鼓之。

好好的脚，缠之裹之。

每一个细胞都不得平静,这叫做:美人自扰。(柏杨)

408

莎士比亚的墓志铭

莎士比亚自述墓志铭(在英国斯特拉斯福):

看在耶稣的份上,好朋友,

别动底下的这抔黄土!

让我安息者上帝保佑,

移我尸体者永受诅咒!(晋闻)

409

唐伯虎卖画

唐伯虎晚年以卖画度日,作《言志》诗云:"不炼金丹不坐禅,不为商贾不耕田;闲来就写青山卖,不使人间造孽钱。"(李熏陶)

410

割耳朵

迪斯尼《阿拉伯神灯》录像带中有这样一支歌:

那是一个遥远的地方,

骆驼拉着大篷车在游荡。

在那里,你的耳朵会被割掉,

如果人们不喜欢你的脸庞。

这样的行径虽然野蛮,唉,

但那毕竟是自己的家乡。

美籍阿拉伯人出来反对,结果把"割耳朵"一句删掉了。读者说笑:所以今天阿拉伯人都有耳朵。(路透社)

411

外交问卜

台湾传说:

外交官:拿出一个"外"字,问:外交形势如何?

测字仙:"外"字加"一",与"死"字相似。不妙,死胡同!

外交官：能否加入联合国？

测字仙："外"字左边是"夕"，"夕"者"晚"也。"夕"、"卜"，卜已晚矣。加入联合国，太晚了。

外交官：可否搞一点经援外交、校友外交、学术外交？

测字仙："卜"字加"一"，是"下"字；"夕"字加一，是"歹"字。皆非良策，皆下策也。

外交官：满口胡言！

测字仙："外"字加"口"，是"咎"字。咎由自取。（《纽约世界日报》96－12－22）

412

什么船儿

新儿歌：

什么船儿上月球？什么船儿海底游？什么船儿水面飞？什么船儿冰上走？

宇宙飞船上月球。潜水艇儿海底游。气垫船儿水上飞。破冰船儿冰上走。（李海松）

413

生活在古代

一封美国在华留学的博士研究生的家书（摘要）：

我在北京学习，非常愉快，真像掉进了百宝箱。文明古国，到处是宝。我跟中国人一同生活在古代。智慧是祖宗传下的，孔子向周公学习，后世向孔子学习。科学从《易经》取得原理，医学以千年秘方为依据，农田如同汉代的画砖。古今文字相通，今人能跟古人笔谈，三岁孩子都背唐诗。我明白了，依靠光辉的古代，比较可靠；探索渺茫的未来，过于冒险。跟中国一比，美国是一个早产儿。(《时报副刊》，俊译)

414

童言稚语

有人问一对双胞胎兄弟："你们谁大谁小？"一个孩子回答："哥，咱们不要告诉他。"

弟弟问："鱼为什么留在水中？"哥哥说："因为陆地上有猫。"

兄弟俩躺在床上，弟弟说："妈妈还不来叫我们起床，我们上

学就要迟到了。"(黄)

415

市市市

地名的通名有待调整。

新设立"重庆直辖市"之后,三个级别的地方政区,都叫"市"。

例如:南山市,属于涪陵市。涪陵市又属于重庆市。

南山市的全称变成:"重庆市涪陵市南山市"。

"市市市",如何改?(《中国方域》98,2)

416

文武状元对

某地文庙石碑下,有古人逸事的记录。其中之一是"武状元难倒文状元"。记录如下:

明杨慎,字用修,四川新都人,状元。回乡时,与一武状元两舟并行。武状元出上联,要求文状元作下联。如对出,文状元先行,否则武状元先行。上联:"二舟争行,橹速哪及帆快"。暗指东吴鲁肃（文）不如汉将樊哙（武）。杨不能对，认输让行。后杨苦苦思索，一日忽得下联："八音齐奏，笛清怎比箫和"。暗指宋将狄青（武）不如汉相萧何（文）。（王世宁）

417

皇帝不贪污

在专制独裁下面，官吏几乎个个贪污。可是没有听说皇帝贪污。

为什么？"普天之下，莫非王土；率土之滨，莫非王臣"。皇帝不必贪污。

菲律宾总统马科斯下台之后，人民要求追查他的巨额财产。印尼总统苏哈托下台之后，人民也要求追查他的巨额财产。总统不如皇帝。（史一民）

418

打手势要慎重

手势是国际语言。各国习惯不同，容易引起误会。例如：

1.做羊角状，食指和小指展开。美国"集合"、"冲浪"。墨西哥："请喝酒"。意大利："给你戴绿帽子"。

2.推手：手心向外，手臂向前伸。一般意义：不需要你的帮助。科孚岛：泼葡萄酒。西非：骂人"杂种"。

3.OK：拇指和食指做成圆圈。美国："好"。法国："零"、"一钱不值"。日本：找零钱要硬币。巴西："女性生殖器"。

4.竖起大拇指：拇指伸出，其他手指握紧。澳大利亚："满意"。尼日利亚："请求免费乘车"。

5.护身符：大拇指夹在握紧的其他手指之间。巴西："祝你好运"。突尼斯和荷兰：猥亵的含意。南斯拉夫："什么也没有"。

6.召唤：手心向上，手指弯曲。西方国家：召唤，带傲慢。日本、印尼、香港、澳大利亚：这种召唤，只能用于动物，对人如此召唤，非常不礼貌。

7.你有电话：这有不同的表示方法。美国：拇指和小指伸出，其他手指握紧，对着自己的脑袋，模仿打电话。阿根廷：食指指向太阳穴划圈；但是，在其他不是电话的场合，表示"你发疯了"。德国：做这种手势是非常粗鲁的行为。

8.拇指和食指放在一起，轻轻捻动，表示付钱等意义。但是，在某些地中海国家：如果不轻轻捻动，就表示你愿意提供性服务！

(美国《焦点》杂志98，4)

419

养生歌

清·阎敬铭作《不气歌》:他人气我我不气,我本无心他来气;倘若生气中他计,气出病来无人替,请来大夫将病医,他说气病治非易;气之为害太可惧,惟恐因气将命弃;我今品尝个中味,不气不气真不气。

清·石成金作《莫恼歌》:莫要恼,莫要恼,烦恼之人容易老;世间万事怎能全,可叹痴人愁不了;任何富贵与王侯,年年处处埋荒草;放着快活不会享,何苦自己寻烦恼;莫要恼,莫要恼,明日阴阳尚难保;双亲膝下俱承欢,一家大小都和好;粗布衣,菜饭饱,这个快活哪里讨;富贵荣华眼前花,何苦自己讨烦恼。

这是清代的白话诗,带点文言味儿。(《科学养生》98,5)

420

知青之歌

1968年,毛主席指示:"知识青年到农村去,接受贫下中农再教育,很有必要。"南京中学生任毅下放农村后,在夜晚的油灯下

作《知青之歌》,广传国内外。"四人帮"逮捕这"黑歌"作者任毅。"四人帮"倒台后,任毅被无罪释放。《知青之歌》如下:

蓝蓝的天上,白云在飞翔。美丽的扬子江畔,是可爱的南京古城,我的家乡。长虹般的大桥,直插云霄,横跨长江。威武的钟山,虎踞在我的家乡。

告别了妈妈,再见了家乡。黄金似的学生时代已载入了青春的史册,一去不复返。未来的道路,多么艰难,多么漫长。生活的脚步深陷在偏僻的异乡。

跟着太阳起,伴着月亮忙。沉重地修地球,是光荣而神圣的天职,我的命运。用我们的双手,绣红地球,赤遍宇宙。憧憬的明天,相信吧,一定会到来!(童非)

421

种豆之歌

杨恽,司马迁的外孙,免官后心怀不服,作"种豆之歌"曰:"田彼南山,芜秽不治;种一顷豆,落而为萁;人生行乐耳,须富贵于何时?"汉宣帝给他"无限上纲",说他"大逆不道",把他腰斩了,并株连家人和亲友!这是汉代早期有历史记载的"文祸"

之一。

422

知了的歌

初夏的早晨,知了在枝头高声大叫"知了——知了——知了——"八哥飞来问知了:"出了什么不幸的事儿了吗?为什么高喊救命?"知了说:"我是在歌唱美丽的朝霞!"八哥飞走了。

中午,八哥飞回来,听到知了还是在"知了——知了——知了——"地叫个不停。八哥笑着说:"朝霞早已不见了,你还在歌唱朝霞么?"知了说:"太阳晒得我又热又闷,我高声歌唱,为了发散心中的热闷。"八哥说:"这倒差不多,我听了你的叫声也更加热闷了。"知了觉得八哥能同情自己,把叫声放得更加响亮。八哥飞走了。

傍晚,八哥又飞来。知了还是在力竭声嘶地高叫同一个调子。八哥说:"现在热气已经散尽,你还在叫什么呀?"知了说:"你看,太阳落山多么美丽,我在高唱落霞之歌呀!"八哥说:"你的叫声都是一个调子,哪能区分朝霞和晚霞?"知了说:"我用同一个调子表达完全不同的情绪,这是最高的艺术。你听不懂,太缺乏理解力了!"八哥哈哈大笑,飞走不来了。(艾青)

423

不负少年头

汪精卫刺摄政王,被捕时口占一绝:

"慷慨歌燕市,从容作楚囚;引刀成一快,不负少年头。"

抗战时汪投敌,有陈剑魂者在原诗每句上加两字,刊登报端:

"当时慷慨歌燕市,曾羡从容作楚囚;恨未引刀成一快,终惭不负少年头。"(傅子强)

424

自杀和逃走

公元前 399 年,苏格拉底以渎神罪被判死刑。他宁可自杀,不肯逃走。

七十六年之后,在公元前 323 年,他的学生(柏拉图)的学生亚里士多德被控渎神罪,将判死刑,毅然逃走。亚里士多德临走时候说:我不会给雅典第二次机会来攻击真理。(哈特)

425

遮羞

亚当和夏娃偷吃禁果以后,眼睛突然明亮,感觉赤身裸体可羞,赶快用无花果树叶子遮住下体。这是遮羞的开始。

遮羞的部位,因人因地因时而不同。

巴厘岛的女人,以露出两腿为羞,而露出双乳不为羞。

古代克里特岛的女人也是如此。

巴西瓦利族的女人,以不带"鼻塞"为羞,而全身裸体不为羞。

太平洋阿德默勃尔蒂群岛的女人,以不带贝壳串为羞,而裸体不为羞。

欧美女人原来以露出大腿为羞,现在穿超短裙,露出大腿不羞了;原来以只穿内衣裙为羞,现在穿肩上两根细带的太阳裙,跟内衣裙相似,也可以上街了。

三十年前,内蒙古河套的汉族姑娘,劳动时候卷起裤管,露出大腿,毫不在乎;但是看到城里姑娘穿裙子就大吃一惊!她们在夏天上身只穿很短很薄的小背心,可是领子必须高高盖住脖子。如果脖子被小伙子看见,那是太难为情了。

遮羞的部位不同,说明衣服不是起源于遮羞。(华梅)

426

败于一撇

1930年,阎锡山和冯玉祥联合对蒋介石作战,约定会师于"沁阳"。不料冯的参谋在"沁"字上加了一撇,错成"泌"字,"沁阳"变成"泌阳"。阎冯两军分散两地,造成大败。这是"败于一撇"。

按:"沁阳"在沁水之阳(北)。"泌阳"古称"比阳",在比水之阳(北);如果恢复古称,可以少用一个生僻字,还可以避免跟"沁阳"混淆。(王长明)

427

别字别趣

有一个"别字城",街心花园竖着一块牌子,写着:"禁止栽花,违者罚款。"栽花的花匠要倒霉了。电影院门口写着:"今日放映《野鹅赶死队》。""赶死队"?性命难保!一家小铺门口贴着一副对子,上联是"横眉冷对干夫子"。风吹日晒,"夫子"干瘪了。饭店里写着:"包子往里走,炒菜请上楼。"楼下已经有不少"包子"们,晚来的"炒菜"们只好上楼了。楼上贴着一条告示:"请座下开票。"座位下面开票,要钻到椅子底下去。没有错别字的世界将是无趣的。(龚益《别字别趣》)

428

趣味菜名

"龙须菜"——豆芽

"芙蓉"——鸡蛋

"凤爪"——鸡脚

"白玉"——豆腐

"珍珠玛瑙翡翠汤"——豆腐番茄青菜汤

"金钩挂玉牌"——黄豆芽炖豆腐

"步步高升"——竹笋炒排骨

"发财到手"——发菜炖猪蹄

"金钱满地"——冬菇炖青菜

"游龙戏凤"——鱿鱼炒鸡片

"翠柳啼红"——菠菜炒番茄

"金声玉振"——海蜇皮拌萝卜丝

"碧血黄沙"——黄豆炖鸭血

"踏雪寻梅"——萝卜丝加红辣椒

"丹凤朝阳"——松花蛋、咸鸭蛋、茶叶蛋拼盘

429

马芮改名

小报记载:《西游记》电视剧中的演员马德华,原名"马芮"。他到医院,挂号室叫他"马苗",药房叫他"马丙",注射室的护士笑着说:"哟,这个病号怎么叫'马肉'?"

他想:他的名字在电视荧屏出现的时候,不知还要闹出多少笑话来!不如改名:马德华。

430

连读的差异

《参考消息》1994年9月13日标题:"梵蒂冈不赞成堕胎受到谴责"。

这有两种意思:

1. 梵蒂冈不赞成"堕胎受到谴责"。——受到谴责的是堕胎,梵蒂冈不赞成这种谴责;换言之,梵蒂冈是赞成堕胎的。

2. "梵蒂冈不赞成堕胎"受到谴责。——受到谴责的是梵蒂冈,因为梵蒂冈不赞成堕胎。

毫厘之差,千里之谬。

431
哭笑不得

陈炜湛写的《古文字趣谈》和《汉字古今谈》,很有趣味。

他谈"哭"、"笑"两字,说:在古文字材料里,不见"哭"、"笑"二字;甲骨文、金文、战国时期的竹简、帛书、玺印、陶文里都没有。直到马王堆汉墓帛书里才出现"哭"字(从吅、从犬)。

《说文》:"哭,哀声也;从吅(xuān,音喧),从狱省声。"段玉裁不相信"从狱省声"的说法。他说:"安见非哭本谓犬嗥而移以言人也。""哭"从"犬","家"从"豕","驾"从"马","特"从"牛","群"从"羊",都是把有关动物的字移用于人类的。

"笑"字更可笑,原来从"竹"、从"犬",后来改为从"竹"、从"夭"。《说文》遗漏了这个字。徐铉说:"此字本阙,案孙愐唐韵引说文云,喜也,从竹从犬;李阳冰刊定说文,从竹从夭,义云,竹得风其体夭屈,如人之笑。"

人"哭"像狗叫,已经勉强了。人"笑"像竹子在风中摇摆,更加离奇!这两个字的来历和原义,古人搞不清楚了,弄得"哭""笑"不得。望文生义,可以休矣!

432
狐联

《聊斋》:

两个狐狸精给一位书生出对子:"戊戌同体,腹中止欠一点。"

书生对不出。狐狸精自己对成:"己巳连踪,足下何不双挑。"

"戊 wù,戌 xū,戍 shù","己 jǐ,巳 sì,已 yǐ",普通人嫌它分辨麻烦,狐狸精却利用麻烦来刁难人。用字形作文字游戏,是汉字的特异功能。离开特异功能,狐狸就成不了精。

433

教书十字令

教书乐：一支粉笔写春秋，两袖清风乐悠悠，三尺讲台天地阔，四季谈吐论全球，五育（德智体美劳）全才谁比得，六艺（礼乐射御书数）随身事不愁，七彩校园新苗壮，八方多难我遨游，九州桃李芳天下，十年树木是良谋。

教书苦：一身平价布，两袖粉笔灰，三餐吃不饱，四季常皱眉，五更快起床，六堂要你吹，七天一星期，八方债主来，九天（寒天数九）饷不发，十家尽断炊。（《东方日报》）

434

字形文学

以字形为资料的文学，可以称为"字形文学"。主要是"拆字对联"，例如：

1. 此木是柴，山山出。

   因火成烟，夕夕多。

2. 冰冻酒，一点两点三点。（"冰"字原来是"水"字加一

点［冰］)

丁香花，百头千头万头。("万"的繁体字是艹［萬］字头)

3. 冻雨洒窗，东二点、西三点。

切糕分客，上七刀、下八刀。

435

龟儿和龙孙

据说：有两个人为了简繁问题争吵起来。

主张繁体的说：繁体"龜"字有美丽的背甲花纹，象征长寿；繁体"龍"字有闪耀的满身鳞片，象征神圣。简化成"龟"字，甲纹不备；简化成"龙"字，鳞片未生。五官不全、四肢残缺，毫无庄严伟大之气，这不是古代传下的"灵龟"和"神龙"，只能算是"龟儿"和"龙孙"！

主张简化的说：对！老龟、老龙死了。现在是"龟儿"和"龙孙"的时代了！

436

人如其名

抗日战争时期,某杂志载《论名》一文。其中说:"名如其人,人如其名。"举例:"认贼作父郑孝胥","甘为牛马殷汝耕"。

437

吹毛求屁

"文化大革命"时期,盛行"外行领导"。某大报主编对众讲话,把"墨西哥"错念成"黑西哥"。听众大笑。主编生气说:"墨"也是"黑"的,有什么可笑?你们"吹毛求屁"!

438

浪花语词

抽样统计:"文革"期间十篇《人民日报》社论中,"批"字出现一百四十次;"斗"字出现二百三十一次。"文革"前十篇《人民日报》社论中,"批"字只出现一次,"斗"字只出现八十八次。

"文革"过后,这两个字的出现率又大大下降。

这种在政治波涛中忽起忽落的语词,称为"浪花语词"。

439
一"举"成名

"一举成名"原指"科举"中了举人或进士就天下闻名,后来泛指一下子有了名气。亚运会中,海南岛小姑娘邢芬,在第一天"举重"中得了金牌。人们说她:"一举成名"。"举",举重也。

440
二人和一大

两个轿夫抬着一顶轿子,里面坐着一位贵夫人。

轿夫问:夫人的"夫"字和轿夫的"夫"字,有什么分别?

夫人答:夫人的"夫"是"一大";轿夫的"夫"是"二人"。

441

三姑奶奶收

一位邮递员说：信封上常见"某某爷爷收"，"某某爸爸收"，"某某阿姨收"，"某某表叔收"，"某某好妹（方言）收"，还有"某某三姑奶奶收"。

一位邮购部的售货员说：来信购物，常常没有清楚写明发信人地址，甚至不写地址，无法邮寄货品。

一位外国驻华商人说：他的从美国来的秘书，按照美国习惯，把来信的信封统统丢掉，发现中国习惯在信中是不写地址的，引起极大麻烦。

看来，小学和中学有必要把写信的格式教给学生，而写信的格式需要现代化。

442

扇语

18—19世纪，西班牙妇女有"扇语"。例如：

缓缓地扇动扇子——"我对你无动于衷。"

手持打开的折扇离去——"请你别忘记我。"

食指放在扇骨上——"我们必须谈一谈。"

用左手摇扇——"你不要向她献殷勤。"

走进客厅同时把扇子收折起来——"今天我不出门去。"

扇着扇子走向阳台——"待会儿我将出门。"

443

吸烟协会

有一个"中国吸烟与健康协会",简称"吸烟协会"!

有人说:可以改称"戒烟与健康协会"。

有人说:它不是"戒烟者"的协会,而是"吸烟者"的协会。

444

袒腹晒书

我国有夏秋晒书的习惯。佛教和尚有"晾经法会"。

《世说新语》中说,有个名叫郝隆的人,仰卧于地,袒腹向阳。人家问他:干吗?他说:"我晒腹中书耳。"今天有许多食古不化的人,腹中古书已经发霉,需要"袒腹晒书"。

445

鲁鱼亥豕

鲁字错成鱼字,亥字错成豕字。

《抱朴子》:"书三写,鱼成鲁,虚成虎。"

《吕氏春秋》:子夏听到人家读《史记》"晋师三豕涉河"(晋国军队三头猪过河)。子夏说:一定读错了,"三豕"应当是"己亥"。后来问清楚,的确是"己亥"。

宋黄伯思《校定楚词序》:"此书既古,简册迭传,亥豕帝虎,舛误甚多。"

《康熙字典》中有"辨似"一栏,分"二字相似、三字相似、四字相似、五字相似",说明:"笔画近似,音义显别,毫厘之间,最易混淆,阅此庶無(无)鲁鱼亥豕之误。"总计有九百来个近形字。

近形字多,是汉字的一大缺点。

446

开关错了

电学家说：电器上的"开关"，叫做"开关"是一大错误。"接通电路"不是"开"，而是"关"，因为电路"闭合"了。"切断电路"不是"关"，而是"开"，因为电路"分离"了。"开关"二字的用法恰巧相反。请看"电闸"，拉开电闸是"切断"电路，怎么叫做"关"呢？合拢电闸是"接合"电路，怎么叫做"开"呢？使用电闸的动作跟"开关"的含意相反，曾经发生过重大事故。

447

方言笑话

有位湖南老乡在北京商场向一位梳小辫子的售货员买"皮箍"（高压锅内的皮垫圈）。他用湖南话开了腔："喂，细妹子，有皮箍卖吗？"小辫子把"皮箍"听成了"屁股"，眼珠子一瞪，用北京话答了腔："卖屁股？流氓！"老乡以为在告诉他皮垫圈的价钱，把"流氓"听成了"六毛"，便笑嘻嘻地说："管他六毛七毛哩，反正是我老婆……"还没等他说完"是我老婆叫买的"，小辫子更加火上加油:"还嬉皮笑脸的,畜生!"这下可惹怒了老乡,质问道:"么子?出生?买个皮箍还要查出生?我贫下中农出身!"老乡拂袖而去,小辫子哑然而立。(邓立武:《一场误会》)

448

语言风俗

一个美国代表团来到中国,一位高级官员偕同夫人前去迎接。当翻译介绍这位夫人时,代表团长有礼貌地对这位官员说:"您夫人真漂亮!"官员很得体地说:"哪里,哪里。"美国人听了很奇怪,心想,我说您夫人很漂亮,不过是客套话,您怎么问我哪里漂亮?到底哪里漂亮,我怎么知道?没有办法,只好说:"全身上下,哪里都漂亮!"(《语文报》1988－05－23)

449

标点游戏

例一:

民可使由之,不可使知之。

民可,使由之;不可,使知之。

例二:

清明时节雨纷纷,路上行人欲断魂;借问酒家何处有,牧童遥指杏花村。

清明时节雨,纷纷路上行人,欲断魂;借问酒家何处,有牧童遥指杏花村。

450

新文言

有一篇文章,其中两句如下:

"愉悦是翡翠脊髓炼成的百灵的翅膀,哀愁是黛玉心脏捣成的雨夜的烟雾。"

是白话?是文言?都不是。是新文言。

451

圆圈

原始人就会画圆圈。可是圆圈进入文字,是西亚和北非有文字记录以后三千年才出现。

罗马文化达到惊人的高度,可是罗马数字中没有代表"零"的圆圈。

汉字从甲骨文算起有三千年以上的历史,可是汉字的字典到20世纪晚期才收入"〇"字。

在数字中间,用"〇"表示"零",是印度的发明(公元5世纪)。后来传到阿拉伯,被欧洲人称为阿拉伯数字。"阿拉伯数字"包含三个原则:1.十进法,2.位置法,3.加法。"〇"填满缺位的位置。

今天小孩都懂得的这个"〇",人类用了不知道多少个"千年"才创造出来。

452

圈儿词

一个不识字的女人,写情书用一串圈儿表达情意。有位文人为此作圈儿词:

相思欲寄无从寄,画个圈儿替。身在圈儿外,心在圈儿里。

侬密密加圈,你须密密知侬意。

单圈儿是我,双圈儿是你。整圈儿是团圆,破圈儿是别离。还有那说不尽的相思,把一路圈儿圈到底。

453

好客的主人

好客的主人请客。时间快到了,客人还没有到齐。

主人思客心切,叹口气说:嗳!该来的还不来!

已经来的客人中间,有些人想:我或许是不该来的,生气走了。

主人着急了,脱口说出:不该走的又走了!

未走的客人中间,有些人想:我大概是该走的,也生气走了。

主人更着急,说:我不是说的他们!

剩下的客人想:那就是说的我们了,一起走光!

454

善于辞令

某君善于辞令。他的朋友们相约,今天到他家去,给他开个玩笑!

主人问第一位客人：请问是怎样来的? 客人说：乘飞机来的。主人说：敏捷之至!

主人问第二位客人：请问是怎样来的? 客人说：自己开小汽车来的。主人说：方便之至!

主人问第三位客人：请问是怎样来的? 客人说：坐船来的。主人说：顺当之至!

主人问第四位客人：请问是怎样来的? 客人说：坐轿子来的。主人说：高贵之至!

主人问第五位客人：请问是怎样来的? 客人说：骑马来的。主人说：威武之至!

主人问第六位客人：请问是怎样来的? 客人说：两条腿走来的。主人说：潇洒之至!

主人问第七位客人：请问是怎样来的? 客人想：给他个难堪，答道：四只脚爬来的! 主人说：稳妥之至!

主人问第八位客人：请问是怎样来的? 客人想，非用最不雅的词句不可了，答道：躺在地上滚来的。主人说：圆到之至!

455
鱼不知水

"鱼不知水",因为鱼生活在水中。人不了解母语的特点,因为人是在母语中长大的。常听人说,中文没有文法。中国人生活在汉字的海洋中,无法了解汉字的特点。

两栖的青蛙知道水的存在,能分辨水域和陆地。人学了一种外语成为"语言两栖"以后,就会自然地把外语和母语作比较,从而了解母语的特点,以及两种语言的共同之处。这就是语言学的萌芽。

456
语言狱

师生一同下放"五七干校"。老师洗衣服,学生抢着拿去洗。老师说:"洗洗领子和袖子就可以了,领子和袖子最脏。"有人告密,说老师污辱领袖。老师被抓去禁闭了。

457

青年和亲娘

一位上海教师讲课,把"典型"说成"电影"。

一位广东教师讲课,把"私有制"说成"西游记"。

一位湖南教师讲课,把"图画"说成"头发"。

一位潮州教师讲课,把"青年"说成"亲娘"。

(王力《为推广普通话和推行汉语拼音而努力》,《光明日报》1978 – 10 – 11)

458

外婆来信

邮递员在门外高声喊:王淑良外婆,挂号信!

隔壁老头儿问:什么黄鼠狼外婆?

收信人家的门开了,走出一个小女孩,伸手要信:给我!

邮递员说:你?外婆?信封上写明"外婆亲收"呢!

小女孩说:不错,给我!

邮递员说:下次要在信封上写明"小外孙亲收"呀!

459

豆芽字母

据说：罗马皇帝派了一位大使来到中国，向孔夫子下跪，请求赐与文字。孔夫子正在吃饭，口无二用，无法答复，于是用筷子夹了几茎豆芽菜放在大使的帽子里。大使带了回罗马，就成为今天流行世界的罗马字母。

这个笑话是沙文主义的杰作。

460

海有牙

一位外国留学生说：中文真有趣：

海有口——海口。海有牙——海牙。海有门——海门。门可关——海关。但是，门不可开——没有"海开"。

461

语病和讽刺

北方孩子常说：我大了一次便。"大便"不是可分词，分开来说是语病。

"说民主,话民主,你是民,我是主。""民主"不是可分词,分开来说是讽刺。

语病是无意的例外,讽刺是有意的例外。

462

一七八不

《汉英词典》(1978):"一七八不"这四个字,有特殊的变调,规定一律标调如下:

一 yī(标阴平)。七 qī(标阴平)。八 bā(标阴平)。不 bù(标去声)。

"一"字在去声字前念阳平,如"一半"、"一共"。在阴平、阳平、上声字前念去声,如"一天"、"一年"、"一点"。"一"字都标阴平。

"七"字在去声字前念阳平,如"七月"、"七位"。"七"字都标阴平。

"八"字在去声字前念阳平,如"八月"、"八岁"。"八"字都标阴平。

"不"字在去声字前念阳平,如"不必"、"不是"。"不"字都标去声。

按:以上标调法创始于《现代汉语词典》1965年试用本。

463
不同于打喷嚏

赵元任说:语言是社会成员相互通讯的一种习惯性声音行为的约定俗成体系。它有如下的特点:(1)是自愿行为,不同于咳嗽或打喷嚏。(2)是一套习惯,幼年容易形成。(3)是假定的信号。(4)是一种社会传统。(5)很保守,能改变但是不容易改变。(6)线性的,一维的。(7)由很少一些音位组成。(8)既有组织,又无组织;既有规则,又不规则。(9)学而得之,不是生而知之;是传授的,不是遗传的。

464
食品名称避讳

"山药"曾因避讳而几度改名。隋代以前,称"薯蓣"。唐代因代宗名豫,"豫"、"蓣"谐音,改称"薯药"。北宋因英宗名曙,"曙"、"薯"同音,又改称为"山药",沿用至今。见宋人周密《齐东野语》卷四。

"黄瓜"原称"胡瓜",西汉时从西域引进,因而冠以"胡"字。十六国时,后赵主石勒是羯族人,也即"胡人"。于是改称"黄瓜"。(康弘《避讳与食品名称》)

465
梦文学

古人的文学创作,一靠酒,二托梦。

《诗经·小雅》:"吉梦惟何,惟熊惟罴。"

《左传》:"郑文公妾燕姞,梦天使与己兰而生穆公。"

屈原《远游》:"夜耿耿而不寐兮,魂茕茕而至曙。"

庄子有梦:"昔者庄周梦为蝴蝶,栩栩然蝴蝶也;俄而觉,蓬蓬然庄周也。"

李白《梦游天姥吟留别》:"我欲因之梦吴越,一夜飞度镜湖月。"

李贺《梦天》:"遥望齐州九点烟,一泓海水杯中泻。"

陆游:"荣枯一枕春来梦,聚散千山雨后云。"

明王彦泓:"梦魂弱絮从风乱,心绪繁花被雨沾。"

清王夫之:"今古闲愁孤枕尽,渔樵残梦晓钟知。"

明汤显祖作"四梦":《牡丹亭》、《紫钗记》、《邯郸记》、《南柯记》。

清曹雪芹作《红楼梦》。

台湾作家琼瑶写下"六个梦"。

梦文学的魅力永存!(周天柱《漫谈我国的梦文学》)

466

一半儿字谜

"一半儿"是词牌名。"一半儿"字谜很多。例如:半真半假(值);半粗半细(组);半朋半友(有);半部春秋(秦);吃一半、拿一半(哈);硬一半、软一半(砍)。

467

十数谜语

一:元宵夜兀坐灯光下。(元字去兀成一字。)

二：人去天涯。（天字去人成二字。）

三：恨玉郎全无一点直心话。（玉字去一点和一直成三字。）

四：欲罢（罷）不能罢（罷）。（罷字去能成四字。）

五：吾只得舍口不言他。（吾字去口成五字。）

六：论交情也不算差。（交字去一乂［差］成六字。）

七：青红皂白要分他。（皂字去白成七字。）

八：要分离除非刀割下。（分字去刀成八字。）

九：抛得奴才穷力尽。（抛字去才去力成九字。）

十：细思量口和心都是假。（思字去口去心成十字。）

468

矛盾字谜

人有它大，天没它大。（"一"：人天）

加上一直，却成一弯。（"由"：曲）

遇到白，反而黑。（"七"：皂）

明明水少，却成水多。（"泛"：水泛滥、水缺乏）

嵌上金，变成铁。（"失"：铁）

牵来一匹马，却成一头驴。（"户"：驴）

469

断肠谜

散曲《断肠谜》,打一到十:

下楼来,金簪卜落(一)。

问苍天,人在何方(二)。

恨王孙,一直去了(三)。

罛冤家,言去难留(四)。

悔当初,吾错失口(五)。

有上交,无下交(六)。

皂白何须问(七)。

分开不用刀(八)。

从今莫把仇人靠(九)。

千里相思一撇消(十)。

470

群言谜语

张允和作"群言谜语",赠《群言》杂志十周年(括弧中为谜底）：

1.群言（谐）。2.公道话（评）。3.普通话（谅）。4.热心话（谈）。5.有的放矢（谢）。6.水经注（训）。7.苏白（误）。8.少言寡语（诫）。9.胡说八道（谎）。10.陈词滥调（试）。11.吞吞吐吐（诺）。12.一肚子委屈（谓）。13.童话（讶）。14.请帖（谏）。15.多语症（计）。16.申请书（让）。17.算命（卟）。18.说话人（诸）。19.阿弥陀佛（诗）。20.恭喜发财（诘）。

471

扇联扇谜

扇联：

  清风生掌握，爽气满胸怀。

  举起随时消酷暑，动来无处不清风。

  却将妙质因风剪，为出新裁对月描。

扇谜：

  有风不动无风动，不动无风动有风；等待梧桐落叶时，主人送我入冷宫。

  打开半个月亮，收起兜里可装；来时石榴欲绽，去时菊花初放。

有朵花不常开,半截纸,半截柴,三冬它在柜中放,盛夏无风手中栽。(李盛仙)

472
一字师和半字师

唐僧人齐己《早梅》诗:"前村深雪里,昨夜数枝开"。进士郑谷把"数枝"改为"一枝"。齐己下拜称谢。时人呼郑谷为"一字师"。

东海才女某作《蓝菊诗》:"为爱南山青翠色,东篱别染一枝花"。学者龚炜觉得"别"字太硬,举笔勾去偏旁"刂",成为"另染一枝花"。龚炜被誉为"半字师"。

473
树人

"一年之计,莫如树谷;十年之计,莫如树木;终身之计,莫如树人"。(《管子》)

474

药名书信

一封巧用六十多种中药名组成的书信：

白术兄：君东渡大海，独活于生地，如浮萍飘泊，牵牛依篱，岂不知思念否？今日当归也！家乡常山，乃祖居熟地。春有牡丹，夏有芍药，秋有菊花，冬有腊梅，真是花红紫草苏木青，金缨银杏玉竹林，龙眼蛤蚧鸣赭石，仙茅石斛连钩藤。昔日沙苑滑石之上，现已建起凌霄重楼，早已不用破故纸当窗防风了，而是门前挂金凤、悬紫珠，谁不一见喜？家中东园遍布金钱草、益母草；西园盛开百合花、月季花；北墙爬满络石藤、青风藤；南池结有石莲子、黄实子。但见青果累累，花粉四溢。令尊白前公，挂虎杖，怀马宝，扶寄奴，踏竹叶，左有麝香，右有红花，槟榔陪伴上莲房，已是巍巍白头翁矣！令堂泽艺姊虽年迈而首乌，犹千年健之松针也。惟时念海外千金子，常盼全家合欢时，望勿恋寄生地，愿君早茴香（回乡）！弟，杜仲顿首。

Copyright © 2008 by SDX Joint Publishing Company
All Rights Reserved.
本作品版权由生活·读书·新知三联书店所有。
未经许可，不得翻印。

图书在版编目（CIP）数据

语文闲谈：选订本/周有光著.—北京：生活·读书·新知三联书店，2008.11（2010.4重印）（2011.4重印）（2011.7重印）（2012.3重印）
(中学图书馆文库)
ISBN 978-7-108-03068-9

Ⅰ.语… Ⅱ.周… Ⅲ.语言学－青少年读物
Ⅳ.H0-49

中国版本图书馆CIP数据核字（2008）第146307号

责任编辑	汪家明
装帧设计	朱 锷
责任印制	徐 方
出版发行	生活·讀書·新知三联书店
	（北京市东城区美术馆东街22号）
邮 编	100010
经 销	新华书店
印 刷	北京鹏润伟业印刷有限公司
版 次	2008年11月北京第1版
	2012年3月北京第5次印刷
开 本	787毫米×1092毫米 1/32 印张 11.25
字 数	185千字
印 数	40,001－60,000册
定 价	29.00元